好

勉為其難的～

在一起吧♥

4 王妃的打工人生

竺淩羽（太后）

先帝朱璃臨瓊的皇后，
淳安王的嫂子，
撫養小皇帝元皓，
一輩子追逐權力。
有個不能說出口的秘密。

朱璃元皓（小皇帝）

十六歲的大齊皇帝，
先帝朱璃臨瓊的皇長子，
繼承朱璃氏的血色狼眸。
個性堅韌，越挫越勇，
爭強好勝。
總喜歡跟王叔淳安王對立。

馬公公

淳安王身邊的得力心腹，
雖然古板面冷，
其實卻是個愛操心的老人家。

小瑜

十七歲的控屍道士。外貌清秀可人，但沒事就愛炸毛，口是心非，明明超喜歡，卻要說「討厭，不要」。技能是「控制殭屍」。

寧子薰（洛菲）

年齡不明，據說只要不被爆頭就可以一直活下去。個性呆萌，正在努力學習適應古代人類生活。她是來自末世的殭屍，任第五戰區防禦部隊第三偵察小隊隊長。技能是「力大無窮」，可以舉起相當於自身幾十倍的重物。

朱璃眷舒（淳安王）

二十六歲，大齊國攝政王。個性冷如冰山，如狼般狡詐凶殘，微有抖S傾向，喜歡玩虐寧子薰。技能是「謀定天下」。

CONTENTS

第1章

太后出手

小殭就這樣死在了他的面前……小瑜心如刀絞。

此時他才明白，他之所以會生氣會嫉妒完全是因為……他喜歡她啊！他一直努力壓抑著這種感情、否定這種感情，可是卻阻擋不了這種感情在心中生根發芽。

他恨自己，直到最後一刻失去了她，才肯承認自己的感情。

他更恨淳安王，恨他為何搶去了小殭，卻不珍惜她、保護她，讓她就這樣白白死去！

他憤怒的目光望向滿身鮮血的淳安王……馬公公用手巾捂住淳安王的傷口，此時淳安王還有呼吸，可寧子薰卻已成了一堆焦炭！

想到這裡，小瑜不禁咬牙切齒。因毒入血液，他的半邊身體都已經麻木。他強忍著暈厥，撿起地上的彎刀，朝著淳安王衝了過去。

馬公公心情糟到了極點，王爺還在昏迷，那個小瑜居然還要襲擊王爺，分明就是找死！他喝令侍衛們把小瑜抓起來，侍衛們雖然打不過寧子薰，可收拾小瑜還是沒問題，只幾下就把小瑜手中的刀打落在地。撕扯間，小瑜脖子上掛著的那枚魚形玉珮從領口滑了出來。

竺太后正等著那個小道士和淳安王「同歸於盡」，她的這場大戲就可以完美收官了。可當她的目光恰巧落到小瑜的那枚玉珮上時，她呆住了。

怎麼會？怎麼可能！竺太后只覺渾身的血都在往上翻湧著，差點暈倒。

綺煙一把扶住她，低聲問道：「太后，您怎麼了？」

竺太后用顫抖的手抓住她的手腕，「快……快救那個小道士！千萬……別讓他死了！」

綺煙一愣，方才明明是太后命令她殺的啊，怎麼這一會兒就變了主意？但主子的命令不可違背，綺煙忙衝過去，轉眼間便已打倒了幾個侍衛。

馬公公目光森然的望著竺太后，揚聲道：「太后，這個小瑜乃是王府臥底的奸細，而且欲刺殺王爺。但不知太后為何要阻止侍衛們抓捕小瑜？」

竺太后此時卻沒了想好好欣賞這場大戲的心情，她有更重要的事要做。她冷冷道：「這個小瑜刺殺王爺，當然有罪。不過，他是哀家找了許久的罪犯，所以哀家要把他帶回宮去審問。難道馬公公要抗旨不遵嗎？」

馬公公死死盯著竺太后，心想：這個女人究竟用了什麼手段讓靈仙派的掌門都投靠了她？若王爺一死，那大齊的天下和小皇帝就都落入她的手中了。那個靈仙派的雲隱子到底用了什麼妖術讓王妃失常的？為何其他人沒事，只有寧王妃發狂？

他一直覺得寧王妃的「死而復生」就是件奇異的事，難道王妃她真的是……屍妖變的？

再看看王爺的傷口，已經變得紫黑，臉色也越來越蒼白，白得好像紙一般。

這個時候，不能再跟這個女人耗下去，當務之急是保住王爺的性命！

於是，馬公公對竺太后躬身道：「老奴怎敢質疑太后娘娘，那就請太后娘娘把人帶走吧！」

竺太后垂著眸子說：「今天發生這樣的事，哀家也十分震驚。沒想到寧王妃居然是屍妖，所有人都可以證明，是寧王妃傷了淳安王。哀家馬上叫宮中的御醫來替王爺診病，馬公公，你著人好好照顧淳安王，不得懈怠。此事非同小可，王爺被屍妖咬傷的消息暫時不能外傳，唯恐國家動盪。為了防止淳安王府有人走漏了風聲，哀家只好派人把守淳安王府。只說王爺得了疾病，在王爺甦醒之前，不許任何人出入！」

馬公公心中一驚，隱忍了多年，竺太后終於出手了！卻沒想到一出手便是殺招，讓人連反抗的餘地都沒有！

「太后，這樣不妥吧？」馬公公面色變得越來越難看。

王府的侍衛們也都握緊手中的武器，只等待馬公公一聲令下。

竺太后挑了挑眉頭，說：「守衛宮中的禁衛只怕此時已趕到這裡了，淳安王昏迷，哀家只好如此。馬公公，你沒有權力替淳安王做決斷吧？」

此時，外面的侍衛也跑了進來，在馬公公耳邊低聲說了幾句。

馬公公面色驟然巨變，看來竺太后沒有說謊，淳安王府已然被包圍得水泄不通了！此時不能與竺太后發生衝突，只要能保住王爺的性命，一切才有希望。

他明白，雖然竺太后用這樣的毒計想置王爺於死地，但她並不願意親自動手。

對於竺太后來說，她只須利用寧子薰達到自己的目的便可，畢竟淳安王在齊國地位顯赫，無論是朝中還是軍中，都有眾人支持著。若她親自動手害死淳安王，那些淳安王的支持者鬧起事來，她這個手中無權的太后也只得乾看著罷了。所以，她只有藉著淳安王「生病」的理由，接管朝中事務，替代淳安王的攝政地位，安插自己的心腹。這些安排也需要一段時間，況且兵符還在淳安王手中，若她得不到兵符，便號令不了那些忠於淳安王的軍隊。

想到這裡，馬公公明白，竺太后其實並不希望淳安王馬上就死。相反，她比較喜歡淳安王這樣一直「昏迷不醒」，等她接手了一切才會對淳安王下手！

無論如何，他都要保住王爺性命！

馬公公握了握拳，低下頭道：「淳安王府上下一切都聽太后娘娘安排。」

「很好，那你們好生伺候淳安王，哀家和皇上回宮了。」竺太后那張妖冶的面孔終於露出了發自內心的笑容。

御輦緩緩向金碧輝煌的宮殿行進著，竺太后掀起轎簾，望向那泛著青灰的天空，脣邊凝起一絲愴然的笑意。

——朱璃臨瓊，你可看到了？你這一生都在防範我，可現在，大齊都在我的掌握中了！

原本，竺凌羽對嫁到齊國並沒有太多期待，她只不過是件政治工具。可是，朱璃臨瓊卻對她寵愛不衰，那種種的深情意重，讓她幾乎誤認為他是愛她的！結果又如何呢？當他駕崩前，卻把一切都交給了他的弟弟！原來那種種恩愛不過是鏡花水月，他，根本就從來沒信任過她！

現在，她透過自己的努力，終於把權力收了回來，而且……也找到了那個孩子。至於那個孩子到底是不是她一直在苦苦尋找的人，她還要派人回南虞調查一番！

◎※※※◎※※※◎※※※◎

小皇帝元皓回到宮中，面色陰沉得像布滿了烏雲。伺候他的小太監六順向來乖覺，眼見著主子這次怒意雷霆，忙把其他宮人支了出去。他想：每次跟淳安王一見面，皇上自然沒有好氣，只是這次卻非同尋常，怎麼氣得眼睛都紅成了兔子？

這次是太后突然宣旨叫皇上跟著她去淳安王府，說什麼品香，連六順這個貼身伺候皇上的人都不讓去。所以六順根本不知道在淳安王府發生了什麼事，不過看著皇上這臉色，應該沒啥好事。

六順小心翼翼的把溫度不燙不涼的手巾遞過去，小皇帝就啪的一聲摔在地上，然後發瘋似的衝到龍書案前，把上面的筆墨紙硯摔得粉碎……

六順還算淡定，他這個皇上的心腹可不是白當的。一得到信說皇上去淳安王府，他馬上吩咐小的們把皇上寢宮內的寶貝都換成「洩憤專用」的了。

男人摔吧摔吧不是罪，再強的人也有權利去疲憊……六順瞇著小眼睛心裡默默哼哼著。

皇上終於平靜下來，一臉失魂落魄的樣子讓人看著心痛。

六順嘆了口氣，端著一盤栗子糕，踩著滿地殘渣走過去，小聲道：「皇上，不看僧面看佛面。淳安王的脾氣也就那樣了，您又何必生氣？寧王妃對您還是不錯的，聽說皇上喜歡吃栗子糕，還特意去抓……不，請元泰祥的麵點師傅做了一大桌的栗子糕，叫寧子葶送來給皇上。」

看著那金燦燦的栗子糕，元皓突然轉身閉上眼睛。六順分明看到淚水順著他的面孔流了下來，打濕了明黃色的龍袍。

「皇上，您這是怎麼了？哪裡難受嗎？要不要傳個御醫？」六順急了。

皇上雖然年幼，可性子卻很剛強，無論受了多重的傷也從來沒吭一聲，到底在淳安王府發生了什麼事？

「寧王妃……死了！」元皓極力控制著哽咽的聲音吐出幾個字。

「什麼？」六順也驚呆了，寧王妃怎麼會突然死了？這簡直是不可想像的事！

元皓好半天才抑制住情緒，轉過頭，雙眼通紅，咬牙道：「這件事從始至終，都是一場陰謀！」

六順是元皓的心腹，所以元皓把事情的始末向他講述了一遍。

六順緊皺眉頭，說：「皇上，寧王妃是個好人，奴才也為她覺得惋惜。可是，奴才一直覺得寧王妃『死而復生』是件詭異的事。至於她究竟是不是屍妖，這個奴才也不敢說。只是有一點……太后扳倒了淳安王，對於皇上，未必不是件好事！」

「不。」元皓此時已變得平靜許多，他冷冷說道：「淳安王如果有異心，那朕根本活不到現在。」

六順說：「的確，淳安王這個人嘴冷心狠，但他對皇上卻從來都是手下留情。不過太后奪權對皇上也沒什麼損害。畢竟太后只有皇上這一個『兒子』，元濤已廢，其他皇族又不是直系，她還能有什麼異心不成？」

元皓垂眸，聲音壓得低，說道：「畢竟……太后姓竺，她是南虞人！就算淳安王有異心，那大齊江山依然姓朱璃，而太后若有異心……」

六順打了個寒顫，一拍腦瓜說：「哎呀我的娘，奴才怎麼沒想到這層？當今南虞的皇帝正是太后的親哥哥！」

小皇帝元皓面色冷峻，對六順說：「朕想見見馬公公……」

六順用力點頭說：「皇上放心，奴才一定把事辦好！」

第二天，元皓去向太后娘娘請安。

此時朝野間已都知道淳安王府發生變故，聽說寧王妃突發急症而亡，淳安王深受打擊一病不起，而且不願見人。有些嗅覺靈敏的朝臣就聞出異變，忙不迭的跑到太后這邊獻殷勤。權力更替時，站錯隊比上錯床嚴重多了！所以，這些人馬上派出自己家的夫人閨女去太后那裡藉著覲見之名獻殷勤、表忠心什麼的。

小皇帝元皓看到太后寢宮門前滿是盛裝的命婦，那熱鬧勁兒堪比過年，不由得皺眉。有些年輕的閨秀們見到出落得越加俊秀的小皇帝，都不由得含羞帶怯，只可惜小皇帝此時哪有心情搭理她們。

皇帝一到，那些命婦們都忙著行大禮。太后此時正悠閒的坐在寶座上品茶，一身沉香色織金繡著鳳凰于飛的宮裝，下著葡萄紫色瓔珞裙，頭上戴著纍絲雙鳳大珠的金冠，垂下的珠絡搖曳，半遮額前。她手中端著一盞茶，慢條斯理的正在撥弄茶葉。

「兒臣給太后娘娘請安。」元皓低頭行禮。

她嘴角含笑，說：「皇上快起身，這麼早就來了，沒去上早朝？」

「兒臣有件事想跟母后商量。」元皓看了周圍一眼，眼神滿是厭惡：蒼蠅們還不退散！

這幫女人頓時都嚇得快淚奔了，皇上可不是良配啊！

太后挑了挑眉，說：「妳們且都散了吧，皇上有話跟哀家說呢。」

待所有人都作鳥獸散去，元皓才緩緩開口：「母后，寧王妃已死，可畢竟也是淳安王王妃，給她留點最後的體面吧！」

竺太后揚了揚塗了朱紅的唇，「皇上還想讓哀家厚葬她不成？雲隱子道長說過，屍妖雖然燒死了，但為防萬一，也要用墨線封棺，符咒鎮之，埋在陽位，以免怨氣洩露再生冤孽！」

元皓按捺住心中的不滿，繼續勸道：「若不給寧子薰以妃禮安葬，那朝中眾臣一定會對寧王妃的死有非議，進一步對淳安王的病情也會有所猜測，望母后三思……」

竺太后想了想，說：「傳雲道長覲見。」

元皓討厭死那個老雜毛了，恨不得把他也燒了，為寧子薰陪葬。不過此時雲隱子已封了護法大國師，見面當然不能真把對方串成肉串烤了，他還得裝出恭敬的樣子。

竺太后把關於埋葬寧子薰的問題詢問雲隱子，雲隱子思索片刻道：「厚葬倒也沒什麼妨礙，不過……要用斷龍巨石封住墓穴四壁，再用墨線封棺，符咒鎮之，讓屍妖永世不得轉生！」

元皓緊握拳頭，要不是有太后在跟前，他早就把這老雜毛打成豬頭了！

而竺太后現在對雲隱子簡直言聽計從，馬上就決定按他的方法辦。

於是，燒成焦炭的寧子薰有了個隆重的葬禮。

◎※※※◎※※※◎※※※◎

天空灰濛濛的不見日光，壓得人心也沉甸甸的，烈風捲起雪花像刀子般刮得人臉生疼。

寧王妃的棺槨就停放在皇家寺院大聖壽萬安寺中。雖然葬禮很隆重，卻沒有幾個淳安王府的人，幾乎都是太后派來的人在操持，所以想藉機打聽淳安王病情的人都只能失望而歸。

小皇帝元皓帶著眾多王公貴戚親往祭奠，緊抿著脣，表情越顯嚴肅。

寧子薰第一次送他回來就是在這裡，沒想到，這裡也成了他送她最後一程的地方。

外面的天氣越加凜冽，狂風夾著大雪直捲入殿中，吹得那白色孝幔翻捲如雲。元皓皺眉裹緊紫貂大氅，六順忙道：「這大雪多，不知早晚能停住？只怕雪厚馬掌也要打滑，要不皇上先進禪房內烤烤火，等雪停住了再回宮吧！」

元皓點了點頭，小沙彌忙躬身引著眾人到後面去。

藉了這天氣的光，「監視」皇上的眼線們也不敢強令鑾駕起行，只得忙跟在後面進去。

這間禪房乾淨整齊，地當中放著一個小炭盆，除了一張羅漢榻和小几，再無其他家什。元皓喝了幾口茶便說乏了，倒在羅漢榻上睡去。

六順叫眾人都出去，眼線們不甘心，生怕有人進去，都站在門口守著。六順也不理會，砰的一聲把門關上，外面風雪嗚咽的聲音也被隔絕在外。

元皓坐起來衝六順點了點頭，六順小心翼翼的把手伸向羅漢榻下按動機關，只見地面的青磚緩緩分開露出地道。元皓冷冷的看了一眼緊閉的大門，邁步走了下去，六順則披著錦被倒在床上裝睡，而馬公公早已在那裡等候多時了。

原來，包圍淳安王府的禁軍中有元皓安插的心腹，所以才能把馬公公從密不透風的淳安王府弄出來。

馬公公一見元皓忙跪下行大禮，卻被元皓一把扶住。他說：「這兒不是講究禮節的地方！馬公公，快告訴朕，皇六叔傷得如何？」

馬公公面色疲憊，短短幾天就老了好幾歲的樣子，他說：「普通的藥根本不管用，每日用糯米拔毒只能控制屍毒不繼續入侵，但王爺卻依然昏迷不醒，高燒不退。」

元皓皺眉，表情也變得嚴肅起來，「馬公公，事情比想像中的嚴重！朕派人去請七皇叔，可七皇叔被太后秘密軟禁不許入京！沒辦法，七皇叔只好按著朕信中所寫的情形偷偷配製了藥送來……」說著，把袖中的藥丸遞給馬公公。

他繼續說道：「你回去餵給六皇叔。七皇叔還說，解鈴還須繫鈴人，要解這種屍毒，還得找玄隱子道長才行。朕已派出人馬四處尋找，希望有好消息！」

「皇上，老奴替王爺多謝您！」馬公公死死攥著藥丸感謝道。

元皓目光堅定的說：「六皇叔……不能死！就算是朕死了，也不能讓他死。沒有朕，大齊還在，可沒有了六皇叔，大齊就危險了！」

馬公公望著元皓，心中不禁唏噓：皇上長大了，到底能明白王爺嚴苛之下的一番苦心……

◎※※※◎※※※◎※※※◎

淳安王府已經被限制出行十天了，外界早已議論紛紛，尤其是親淳派的朝臣。可他們畢竟還是大齊的臣子，沒有淳安王和皇上的命令，他們也不敢真的做出什麼謀逆的事，只能每天朝會上抗議的奏章。

竺太后卻步步緊逼，以皇上的名義下發了多條旨意，在各個重要部門進行清洗和換血。

眾人都覺得，這次淳安王一定是得了非常重的病，因為以他睚眥必報的性格，怎麼可能默許太后把他囚禁在府中？

把守淳安王府的禁軍共分四隊十二班，每天十二個時辰晝夜不歇的看守四處大門，還另調了京西健衛營的精銳圍繞淳安王府巡邏。太后下的是死令，若有人膽敢放淳安王府的人出去，不但腦袋不保，還要連累九族，所以禁軍們都打起十二分的精神巡邏。

這天入夜，禁軍們剛剛換過班，卻突然發現淳安王府內飄出濃烈的焦味。不一時，火光便映紅了半邊城。

「走水啦！王爺的寢宮走水啦！」淳安王府內傳來陣陣喊叫聲。

這下禁軍們都嚇呆了，如果淳安王被燒死，這罪過可大了！於是，他們一面派人送消息去宮中，一面打開王府大門幫忙救火。

消息傳入宮中，竺太后也不由得心中一驚，忙命令起駕趕往淳安王府。

當竺太后的鑾駕到達時，才發現許多親淳派的官員早已到了淳安王府，連一直鎮守邊疆的大將軍王朗居然都到了！

不過此時她還尚且鎮定，心道：哼，就算王朗把部隊都帶來又能怎樣？沒有淳安王和皇上的命令，他就是擅離職守、擁兵入京，有謀反的嫌疑！

「你們這些臣僚不各司其職，都跑到淳安王府做什麼？」竺太后端架子厲聲詢問。眾人都不說話，太后瞇起眼睛厲問道：「難道你們要謀反不成？」

「是本王叫他們來的！」

身後突然傳來清冽的聲音，太后不由得一震，轉過身去，頓時嚇得花容失色——淳安王！居然是淳安王！

只見淳安王穿著一身夜色般的黑袍，脖子上纏著厚厚的紗布。他面色雖蒼白透青，不過目光卻一如既往的凜冽。

見竺太后像看到鬼似的表情，淳安王不由得扯了扯嘴角，說：「讓太后擔心了！臣弟無事，只不過受了些小傷，不礙事的。」

竺太后努力控制著自己才沒叫出聲來，好半天才說：「你……你的傷不礙事了？」

淳安王捂著脖子坐在馬公公早就準備好的玫瑰交椅上，說：「自然還未痊癒，不過也不影響謀劃國事！多謝太后在本王生病期間細心照顧，怕政事煩擾本王養病，還特意派人把淳安王府『保護』起來。」

竺太后的臉色煞白，緊咬著下唇不語。

淳安王垂下眸子，說：「這次大將軍王朗入京是奉了本王命令，太祖曾言『天下安者不可一日忘武備』，所以抽調各處守衛之軍入京操練比試，每三年一屆京操班軍已成慣例，到了近幾十年三國互相攻伐才止了這常例，命邊塞兵士固守。如今北疆已平，南虞又主動提出和親，邊塞無戰事，為了防止邊軍懈怠，本王這次抽調北疆王朗部三萬人入京操練，把守衛禁宮的禁軍換防到邊塞去。」

竺太后不禁柳眉倒豎，冷笑道：「換防禁軍？這麼大的事為什麼皇上和哀家都不知道？淳安王你把皇上擺在哪裡？」

淳安王挑了挑眉，說：「先帝遺詔上寫得明明白白，在皇上成年之前，兵權和兵符都由本王掌管。再說……本王已將奏摺送到皇上那裡去了，太后如何說皇上不知情？」

「什麼？皇上知情？」竺太后又驚又怒，連自己那塗滿蔻丹的長指甲被折斷都沒感覺到。

淳安王頭靠在交椅背上懶懶的說：「再有兩年皇上就成年了，本王也應該把一些朝政庶務交與皇上處理，以免旁人誹謗本王攬權篡政！王朗，這三萬邊軍編入京衛營，歸皇上親自統馭吧。奏摺都送到皇上那裡龍目御覽，若有裁決不斷之事再送到本王這裡。好了，本王乏了，就不送各位了，太后娘娘也請回宮吧……」

竺太后怒火中燒，這下終於明白為何淳安王能在密不透風的淳安王府把消息送到王朗那裡，原來元皓居然在這關鍵時刻背叛了她！

「哀家還有事要問淳安王！」她不死心。

淳安王面色一凜，說：「本王該說的事都說完了，請太后娘娘回去！」

馬公公上前一步擋住太后，像一截黑塔似的王朗也手扶配劍一臉面癱的站在對面，沉聲道：「臣護送太后還宮。」

竺太后咬碎銀牙……她費了這麼大的心血和精力，眼看就要成功，卻被元皓破壞了。這就是她從小養在身邊悉心教養的好「兒子」！果然不是親生的就是隔層肚皮，永遠不可能跟她一條心！

竺太后和眾朝臣散去，淳安王再也支撐不住，猛地吐了口黑血又暈了過去。馬公公叫人抬他時才發現，玫瑰交椅下有一灘紫黑色的血。原來淳安王一直強撐著，為了不讓自己暈過去，把匕首藏在袖中，狠狠刺入手臂，用劇痛來刺激自己清醒。

看著那深可見骨的傷口，馬公公不禁搖頭，忙叫人為他上藥包紮。

就這樣，淳安王一直時而清醒、時而昏迷，發著高燒，口中喃喃只叫著寧子薰的名字。請遍了名醫，所有人都束手無措，沒辦法治這種屍毒。

「啪！」

竺太后一巴掌狠狠搧在元皓臉上，長長的指甲帶出一絲血痕。元皓垂眸像具木偶一般沒有任何表情，可越這樣，越是刺激著竺太后的神經，元皓眼底深藏的嘲諷更讓她惱羞成怒。

「為什麼背叛哀家？如果沒有哀家，你以為你能坐上這個皇位嗎？」她發瘋似的怒吼，完全沒有了形象。

「母后為了奪權傷了六皇叔，殺了寧王妃，妳的手上沾滿了鮮血，又有什麼立場責怪兒臣？」元皓冷笑著。

「你到底是因為寧子薰的死而恨上哀家了！」竺太后滿眼怨懟之色，說：「可她真的是屍妖，哀家沒有錯殺她！」

元皓垂著眼眸沉聲道：「朕來只想告知太后一聲，朕不會娶竺雨瑤，更不會再聽太后的擺布。」說完，他頭也不回的走了。

森冷空曠的宮殿中只剩下竺太后一人，她望著元皓的背影咬牙道：「你一定會後悔的！」

突然，身後傳來蒼老的聲音：「太后又何必動怒呢！」

竺太后回過頭，看到雲隱子不知何時站在身後，一臉悠然，似乎根本不為失敗而在意。

竺太后冷笑著問：「道長是來嘲笑哀家的嗎？想必你也要離開皇宮了吧？」

雲隱子閉目，嘆了口氣，說：「真正的讖語是『地湧金魚，三國歸一』，貧道的窺天之術從來沒出差錯。而這個讖語與太后有關，貧道怎麼可能因為這小小的失敗就棄太后而去呢？太后放心，貧道有辦法讓淳安王交出兵符！」

竺太后知道，雲隱子的「忠誠」不過是看在讖語的分上。她自己都不相信這個「三國歸一」的讖語能在她身上實現，不過既然雲隱子肯幫她，那當然最好。

於是，竺太后問：「不知雲隱子道長有什麼辦法？」

雲隱子撚鬚，但笑不語……

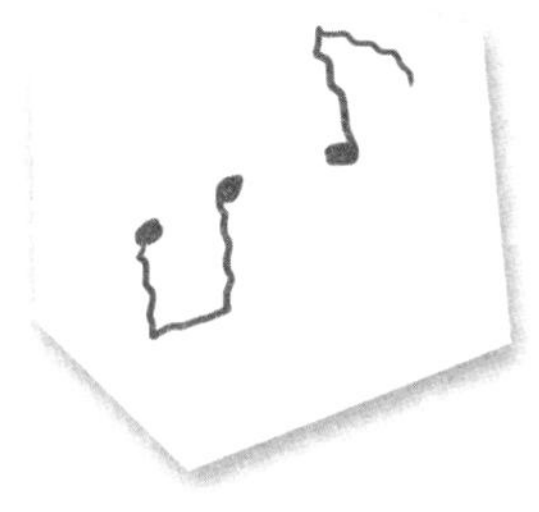

第2章

打工南風館

疼！這種感覺已經很久不曾出現在殭屍的記憶中了。寧子薰感到身體每一寸都疼得像要裂開似的。

她的腦海中最後一個畫面被定格在淳安王那雙紅寶石般瑰麗的血眸上，她看到他眼中那深深的哀傷，似乎要穿透她的心臟並把它撕裂。可惜那時她已完全說不出話來，灼熱的燒傷讓她的皮膚變成了焦炭。

她傷害了自己最愛的那個人類……可她控制不住體內那股嗜血的躁動，意識在最後一刻才復甦，她只記得在火焰中看到淳安王那深入骨髓的哀傷表情。

她拚命想要伸手去撫平他緊皺的眉頭，結果她卻只抓到黏稠的液體……她感覺到自己被泡在液體中，她拚命掙扎，卻感覺到眼皮似乎有千斤之重，怎麼也抬不起來。

「別動別動，未到百天……皮肉還沒長好咧！」

她聽到一道蒼老的聲音，這個聲音很熟悉……是臭老道玄隱子！

她的眼睛猛地睜開，發現自己躺在一個長方型石製容器中，容器中盛滿了黏黏的液體，隔著像果凍般的液體，她看到了那張熟悉的面孔。沒想到這次醒來，第一眼看到的又是他！

消失蹤影的玄隱子似笑非笑的看著她，她掙扎著坐起來，玄隱子一驚一乍的說：「哎喲，妳的皮還沒長好呢，快點躺下！小心見了空氣又脫落！」

「我……在哪裡？」寧子薰剛說完一句話又被按進果凍般的液體裡。

「這裡是妳的地宮。」玄隱子說。

寧子薰又想抬起頭，玄隱子不客氣的說：「把嘴露出來說就好，整個身體都要泡在胎液裡！」

寧子薰按玄隱子所說的把嘴露出液體表面，很像一隻垂死掙扎的魚。看到液體中失真的扭曲的臉還有香腸嘴，玄隱子忍不住捧腹大笑，笑得直流眼淚。

「喂，死老道，你笑夠了沒？」寧子薰瞪著死魚眼看他。

「好吧好吧，我老人家不笑就是了。」玄隱子收了玩笑之相。

寧子薰很認真的說：「我住的地方是集熙殿，不叫地宮。」

「蠢蛋，妳已經『死了』！這裡是大齊的宗室陵園，是為淳安王修建的陵寢，所以叫地宮。」玄隱子捋髯說道。

「淳安王的陵寢？那我為何會在這？」寧子薰繼續追問。

「因為妳是淳安王王妃！等若干年後淳安王死了，他的棺材也會抬到這裡與妳合葬，明白？」玄隱子翻了個白眼，開始覺得他徒弟小瑜其實是個很有愛心和耐心的好孩子，跟這個白痴殭屍在一起，每一句都要解答真是要人老命！他是道士，又不是和尚，哪有那麼多囉嗦話講？

生則同衾，死則同穴，這就是古代人類對感情的忠貞。可是……她卻咬傷了他。只怕他以後都不願意再見到她了吧？

寧子薰心中滿是自責，她把金魚嘴收了回去，沉在石棺底下默默無語。

寧子薰的沉默讓玄隱子又有些不滿，他坐在半敞的石棺蓋子上拍了拍棺材，說：「妳不問問我是怎麼來到地宮的嗎？」

寧子薰又浮了上來，機械性的重複道：「那你是怎麼來到地宮的？」

「妳這墳墓四周都是斷龍石，幸虧道爺我認識幾個搬山道人手段高超，定位炸穴，辛辛苦苦挖了一個多月才挖穿地宮。妳身上那些陪葬的金銀都成了挖掘費送與他們了。道爺我破了困屍陣，又四處收集胎水，用靈符助妳恢復，從妳被燒成黑煤球到現在已經足足有兩個月了！」他得意的說。

「有件事情我不明白，想要請教你。」寧子薰說：「那天晚上，那個叫雲隱子的老道點燃了一種香，然後我就感覺自己的意識不清，狂性大發還咬了淳安王，這是為什麼？」

玄隱子皺眉，說：「大概是還屍丹，可以把殭屍的狂性都激發出來。」

那個臭老道陷害她！等她好了一定不會放過他！

不過比起自己，寧子薰更擔心淳安王和小瑜，她問：「你可曾聽說淳安王傷得怎麼樣了？小瑜還在淳安王府嗎？」

玄隱子擰著眉，不滿的說：「我徒弟被太后抓進宮去生死未卜，如果我能進宮，早就去救他了！所以我才選擇先救妳，有妳幫忙我才能從皇宮中救小瑜。至於淳安王，聽說傷得不輕，已經好久不出府了。原來是妳咬了他？那他可真的危險了……」

她以最糟糕的方式告訴了蒼舒她的身分，況且她還傷害了他！再聽到淳安王有性命之危，寧子薰顧不得自己還是沒長「皮」的事實，差點從胎液中跳出來。

玄隱子又一把按住她，罵道：「妳自己都這樣了還怎麼救人？回去再被人家殺一次嗎？再說妳知道怎麼救他嗎？蠢蛋！」

寧子薰雙眼通紅哀求道：「求求你告訴我，怎麼才能救淳安王？」

玄隱子見她這副惹了大禍被踹出家門的棄狗模樣，不禁嘆了口氣，說：「解鈴還須繫鈴人，只要用妳的心頭血讓他喝下去，就可以解他的屍毒了。」

「道長，求求你，讓我去救他……」

寧子薰欲掙扎起身，卻被玄隱子死死按住。然後，他從陪葬品中找到一面銅鏡伸到寧子薰面前，說：「吶，妳看妳自己這樣能不能出門！」

只見一個黑煤團怪物瞪著兩隻死魚眼正望著自己，饒是殭屍神經比較大條，也被嚇了一跳。這樣子雖然比白毛殭屍還酷，不過還沒走進京城就得被人打死！

玄隱子繼續勸道：「妳安心養著，淳安王沒那麼快死，可是妳自己要是再死了，誰去解淳安王的毒？」

寧子薰乖乖的鑽進胎液裡，冒了兩個氣泡表示聽從。

玄隱子鬆了口氣……還好她肯聽話。

想起這事他就生師兄的氣，千辛萬苦的想法辦救師兄，結果師兄一出來就把這千年一見的活屍差點弄報廢了。要不是他現在還是「通緝犯」，他早就去跟師兄理論了！

那個自詡正義的師兄常被師父誇讚為靈仙派最有潛力的人才，因為他的靈力非凡，預知未來的讖緯之術造詣早已超過歷代掌門。

不過，玄隱子卻對這門「手藝」嗤之以鼻。能知道未來有什麼可得意的？哪天預知到自己什麼時候會死，看他還能不能平靜的生活下去！這分明就是一項雞肋的技能！哪有控屍術厲害！可以控制比人類強大的邪惡生物，這才夠威猛好不好！

他那不長眼的師父偏心嚴重，把師兄雲隱子捧上了天，對他的研究卻視而不見。那時的他血氣方剛，一賭氣，偷了禁閣中的藏書，想在控屍術方面取得進展，卻落得個逐出師門的結果。

不清楚師兄是怎麼出來的，反正他是賠了夫人又折兵，徒弟被抓，活屍被埋，他被通緝……想到這裡玄隱子就感到有點窩囊，家底都賠得差不多了，這麼多年收集的靈寶也都快用盡了，等找到徒弟就帶著活屍再隱入山中，潛心修行，凡塵太危險，實在不適合他這出家人啊！

玄隱子突然想起一事，遂道：「對了，既然妳甦醒了，有件事問妳。妳胸口的那枚血精從何而來？多虧了那枚血精護住元神，要不道爺我也救不活妳。」

「原來這個東西叫血精……」寧子薰點頭說：「我在殭屍身上撿的。」

噗……玄隱子很想吐血，他咬牙道：「妳這傢伙還真是走狗屎運！」一想到自己費盡心血有時差點丟了性命去尋靈寶……真是各種羨慕嫉妒恨啊！

「血精乃是殭屍用殘存的魂魄煉化的靈寶，可以說是殭屍的分身，能助修煉還能儲存靈力。就像蚌中結珠，不是每個蚌都能有機會結珠。也不知那個倒楣的殭屍修煉了多少年，歷經了多少劫才結成的血精，居然被妳得了去，真是哭都找不著北啊！」玄隱子嘖嘖嘆道。

「它不會哭，因為它已經被我打死了！還有，我不叫『傢伙』！」黏稠的水面上，兩片嘴唇在啪嘰啪嘰的蠕動。

「打死了？妳這個核桃腦袋的笨殭屍……妳太暴殄天物了！妳知道殭屍能結血精至少要修煉千年以上啊！」玄隱子發覺越跟她聊天，越有種吐血的感覺。

「我叫寧子薰。」殭屍一本正經的更正。即便是核桃腦袋，她也是有名字的！

玄隱子翻了個白眼，說：「好吧，寧子薰。妳在胎液裡好好修煉，我出去尋些吃的東西。妳可以不用吃，本道爺可受不了再啃大硬餅了！」

「嗯，你去吧，路上小心些。」寧子薰從液體中伸出小手衝他揮揮。

玄隱子從幽長的盜洞中爬出來，再用石板掩蓋盜洞，在上面鋪上厚厚的土層，又踩了兩腳，謹慎的左右觀瞧，然後才奔向黑松林……

在這黑暗的墓穴裡，分不清白天還是黑夜。寧子薰一閉上眼睛就會想起淳安王府的一切，她不安的在石棺中翻來滾去。

不知過了多久，玄隱子才回來。

寧子薰不耐煩的問：「還要多久我才能從這液體中出去？」

玄隱子仔細查看她肌膚的恢復情況，不由得感嘆道：「活屍的恢復能力就是強悍！燒得跟焦炭似的，才一個月皮肉就已凝結成形了……看樣子再半個月時間就能恢復如初了。」

寧子薰也挺高興的，這樣她就能更快的去救淳安王了！

在這與世隔絕的地方，彷彿變得沒有時間的概念，不知道什麼是白天黑夜。每天只有玄隱子在她耳邊聒噪，講些道門奇事、江湖怪談，還教她些人類吐納聚氣的道家法門，倒也讓寧子薰不至於悶死。

咦~從前她追求的生活不就是遠離人類，幸福的孤身一屍嗎？

唉……跟人類在一起久了，果然被傳染上「怕孤獨症」！

隨著皮膚癒合得越來越好，寧子薰的面容也漸漸恢復了以往的樣子，重生的皮膚細嫩如嬰孩，看上去更小了幾歲。不過她這張臉可是「人盡皆知」，不光是淳安王府上下人等，「門栓襲敵事件」之後連京城百姓都有許多人認得她的臉，所以她想混進京城可是相當有難度！她聽玄隱子說過「易容術」，不用像末世那樣動刀整容也可以達到變身的目的，她就纏著玄隱子為她易容。但她哪知道玄隱子是吹牛皮啊，除了控屍，他哪會這門手藝？

憋了半天，玄隱子才萬分不捨的從懷裡掏出一個小木盒子，這裡面裝著定顏丹，含在屍體口中，屍身就萬年不腐。唉……這是他僅剩幾件寶貝中最值錢的了！曾有人出一千兩黃金要買，他都沒捨得賣呢！可是，若不讓寧子薰換張臉，她就沒辦法幫自己救徒弟啊！

沒辦法，玄隱子咬了咬牙，肉疼的說：「精魄石和玄魄石都被妳用掉了！這個定顏丹又是……妳記著，欠我老人家的銀子以後出去一定要還上！」

寧子薰眨眨眼睛，看著玄隱子都快哭出來的表情，她覺得在這一點上，小瑜跟他還真是師徒。

玄隱子一走就是好幾天，回來時弄得滿身塵土，鬍子拉碴的，寶貝似的捧著個盒子。他興高采烈的像個孩子，招呼寧子薰過來，口中說道：「妳快來看，這可是用雪蛙皮做的假面，戴上十分透氣清爽還有吸力，緊貼皮膚，表情也跟真人一樣呢！」

玄隱子洗了手，用特製的藥膏幫寧子薰把假臉黏好，再照鏡子，裡面出現了一張青澀的少年面孔，眉目栩栩如生，額頭還有一顆青春痘，做出表情來也跟真正的臉一樣。

寧子薰一把拉起玄隱子，說：「走，咱們進京去！」

既然決定了，寧子薰就毫不猶豫的付諸行動，她要回京城。不過，她還沒走出兩步就被玄隱子拉了回來，「妳大半夜穿著喪服出去會嚇死一大片人的！」

「喔，你的衣服……借我。」寧子薰伸手。

他可不想晚節不保！玄隱子撫平自己額頭上的條條黑線，說：「妳坐這裡等，我去尋一件衣服來給妳。還有，妳脖子上的精金項鍊還刻著『失物招領』，就算淳安王看不到，被別人看到也一樣要妳的命。不過，精金用武器也砸不開，我得去弄蝕仙草配點藥把它腐蝕個缺口才能摘掉。」

寧子薰點了點頭，完全贊成老道的想法。

玄隱子所謂的「尋」，就是看誰家倒楣，有未乾的衣服沒來得及收回去，他就偷偷拿走了。可惜找了半天只找到幾件男裝還有一身女裙，看到殭屍懷疑的眼神，玄隱子解釋說，為了掩飾身分，他要男扮女裝……

寧子薰若有所悟，點頭道：「原來你是異裝癖！」

玄隱子給了她一個栗暴，哼道：「少囉嗦！妳還是非人類呢！快點把衣服穿上，還有，胸部……用布條繫緊，這樣才看不出來是女人！」

即便穿上這身粗布衣服，這張臉太過幼稚，讓她看起來像可愛的小正太。

不過寧子薰卻覺得古代男性的服裝明顯比女性舒適多了，而且髮型也只是簡單的束在頭頂就行了，不用盤來盤去、插一大堆金屬，走起路來輕便了不少。

看她那開心的模樣，玄隱子不由得翻了個白眼，「聽說南虞皇上病危了，幾個皇嗣爭奪皇位越演越烈，皇上怕南虞不安定，會有奸細混入京中，所以入京嚴查，咱們得小心些！」

寧子薰揉了揉「臉」，目前正在適應「新臉」中。她說：「我進城從來都不走城門。」

呃……也是啊，怎麼說也是飛殭，如果走城門豈不是弱爆了？玄隱子點頭。

◎※※※◎※※※◎※※※◎

玄隱子帶著她從盜洞爬出來，呼吸這清新的空氣，寧子薰覺得她似乎又多活了一世。

「死」的時候還是嚴冬，現在已然是暮春時節了，青草碧連天，被微風一吹，滾起層層綠波。在浩瀚星空下，一切都顯得那麼渺小，從開始的迷茫渾噩到經歷了生死，寧子薰似乎有些明白了，人類不能永恆不朽，但他們可以在有限的生命中和一個人相愛相知，白首到老……這種感情是最彌足珍貴的。

玄隱子對寧子薰說：「咱們先潛入城中，進了城再探聽消息，想辦法救小瑜！」

寧子薰點點頭，揹起玄隱子飛奔而去。

一路上看到景物在眼前颼颼閃過，作為投身研究殭屍事業一生的玄隱子覺得他師兄真是太不長眼了！有個殭屍在身邊多好，會賣萌、飛得高、有蠻力、不怕死、能當打手還忠誠……真是居家旅遊必備良品吶！

他的夢想就是建立一支殭屍部隊，可以增加勞動力，像耕田種地、養豬放牛這些簡單的農活都不在話下。更重要的是，殭屍不但是好勞力，還可以替代人類去守關打仗，不怕死又勇猛，到時百姓們就不用再害怕骨肉分離，經歷那些生離死別的痛楚……

當然，這只不過是他的夢想，他畢生追求的境地。因為如何淨化殭屍的陰氣和對人類的危害，可是歷代養屍道人都沒辦法克服的難題，就連寧子薰這樣有智慧的活屍聞了香味都難免會狂化，更別提普通的殭屍，一般人也控制不住。所以如果有人能解決這個問題，那一定能得道界的「太上老君醫學獎」！

天未亮，他們已來到京城城牆之下。巡邏的守城兵士比往常多了一倍，看來是在戒嚴。不過有殭屍在，城牆什麼的根本不是問題，他們越過城牆無聲無息的落在地上，然後在一隊巡邏兵身後隱入黑暗的小巷子。

在玄隱子的指引下，他們來到牛耳胡同的一棟宅子前。玄隱子悄聲說：「這裡是我用太后給的銀子買的，沒有人知道，臨時落腳在這裡，再尋找時機進皇宮。」

寧子薰點點頭，咻的一聲跳了進去，留下才剛剛掏出鑰匙的玄隱子氣得吹鬍子瞪眼。

這時天剛剛亮，玄隱子說要沐浴更衣，又塞給寧子薰幾錢碎銀，讓她出去買一些女人用的胭脂水粉，男扮女裝也得像那麼回事。

寧子薰機械性的點點頭，心想：玄道長他……果然是異裝癖！

寧子薰覺得人類男性的個體間差異滿大的，淳安王天天都洗澡，他身上只有淡淡的龍涎香，而玄隱子……估計最少也有個把月沒沾過水，身上的味道比殭屍還刺鼻！還好小瑜不像他師父，身上只有淡淡的清新味道。

於是，愛好衛生的殭屍很主動的在院中劈柴燒火，準備洗澡水。等到準備完畢，她才低調的出門，畢竟在太后眼皮底下，她這個通緝犯還是要低調點的。

寧子薰憑著驚人的嗅覺找到一家胭脂水粉鋪子。不過天剛濛濛明，胭脂店還未開門，寧子薰敲了好半天，才有個胖女人打著哈欠開了門。

胖女人上下打量著一身粗布土衣的寧子薰，不耐煩的說：「有什麼事？老娘可沒多餘的糧米施捨！」

「我買胭脂水粉。」

聽到這句話，老闆娘看她的目光簡直就像看紅燒肉！

老闆娘一把將她拉進鋪子，然後關上門，「小哥，你是買給誰呀？我可以幫你選選。」

「給……我娘！」寧子薰覺得以玄道長的年紀應該差不多。

老闆娘的笑容僵了一下，然後拿出顏色稍深的胭脂和一盒鵝蛋粉，還有一些絹花翠鈿。

寧子薰在王府的時候，都是侍女和小瑜幫她化妝梳頭，她怎麼知道物品的好壞？於是問道：「多少錢？」

老闆娘伸出五根手指，「要……五兩銀子！」

「哦～」不知講價為何物的殭屍乖乖掏出所有碎銀子給她。

「這……這才二兩三錢！哪裡夠嘛！」老闆娘一臉不樂，其實早就心花怒放，好多天都未開門做生意，終於來了個「冤大頭」，還不狠狠宰一票？

寧子薰皺眉，想了想，說：「可我就只有這麼多錢，妳知道哪裡能賺到錢？出力氣的也不要緊，我去賺點來。」

從淳安王府出來，她才知道在這個世界上口袋裡有重金屬是多麼重要。因為以前武英侯夫人給了她很多銀票，淳安王府也把她需要的東西都準備好，她根本不需要去想錢的問題。可是跟玄隱子在一起一個多月，她才明白，原來這個世界沒錢是不行的！

玄隱子沒錢，所以吃穿都要去「尋」，吃的只有窩窩頭和鹹菜，衣服也都破破爛爛的。雖然殭屍不用吃好的、穿好的，可她有力氣能賺錢，為什麼還要過得這麼慘？

「啊？」老闆娘怔了一下，不假思索的說：「像你這樣白白嫩嫩的小哥能幹什麼重活？除非……」她笑得一臉不懷好意。

「什麼活我都幹得了！」寧子薰握了握拳頭，表示自己能做各種粗活。

這家賣胭脂水粉的老闆娘認識最多的客人當然是青樓出身的女子，還有就是那些孌童小倌。所以一見寧子薰穿著破爛卻面目清秀，又聽「他」需要銀子，自然就想了歪道去。

於是她試探道：「小哥今年多大？你家是京城的嗎？會什麼手藝嗎？」

寧子薰眨了眨眼睛，開始胡編：「呃……我姓……玄！住在城外面，沒什麼手藝，但只要出力氣的活都能幹！」

老闆娘用小手帕捂著嘴偷笑，說：「倒是有個活來錢快還不辛苦，就不知小哥樂不樂意去？」

寧子薰望了望天，此時外面天光大亮，樹枝上傳來嘰嘰喳喳的鳥鳴之聲，胡同中也漸漸有人走動了。本來她想著買了胭脂水粉再偷偷去一趟淳安王府看看蒼舒，可這個時辰是來不及了。

不知道為什麼，一想起蒼舒，小殭屍的心就會變得酸酸的，這種感覺讓她覺得好難過。這種是人類常說的「惆悵」吧！

她好想他……想念他的一切一切。可是，她又不敢去見他。蒼舒知道了她是殭屍，一定非常厭惡吧？被喜歡的人討厭，這種感覺真是太糟糕了！

她不能暴露身分，第一還要救小瑜；第二，萬一她暴露了身分再被太后和臭老道雲隱子燒一次就太吃虧了！她得偷偷的潛入淳安王府幫他解毒。

打定了主意，寧子薰說道：「我樂意去，不知道讓我幹什麼活？」

老闆娘扭著粗腰走到跟前，像買牲口似的叫她張開嘴看看牙白不白，又摸了摸手，看皮膚嫩不嫩，還讓她轉圈看步伐輕不輕盈。這類型的「小鮮肉」在南風館還是挺受歡迎的……

於是，老闆娘說：「我送你去，如果老闆能留下你，那就不是這點小錢了！」

因為玄隱子過得太清苦了，交通基本上靠走，取暖基本上靠抖，吃東西基本上靠偷，寧子薰一直待在淳安王府過錦衣玉食的生活，自從跟了玄隱子才知道啥叫沒有錢寸步難行。有一次，玄隱子抓住一隻受傷的雉雞，樂得跟撿了寶似的，用泥糊了烤著吃，差點把雞骨頭都啃了，還嘟囔著三個月沒吃肉了，如果再配上燒酒就更好了……

身為一個善良的殭屍，寧子薰覺得應該「報答」玄隱子，賺銀子為他買酒買肉。

寧子薰點點頭同意，老闆娘高興得眼睛都瞇成了一條線，忙回屋挽了個髻子，披件夾袍子出來，帶著寧子薰去「打工」了。

◎※※※◎※※※◎※※※◎

舊簾子胡同匯集了全京城最有名的南風館，隨處可見簾櫳下立著身材窈窕的少年，一個個打扮得粉妝玉砌、描眉畫眼，有的三兩閒聊，有的手中拿著琵琶阮琴撥弄著。

只要有人走過，他們就會探頭張望。不過，他們一見寧子薰這身寒酸的補丁衣服和同樣青澀標緻的面孔，目光就從熱切變成了不屑——又來一個搶衣食的窮小子！

走到街路上最高最華麗的一座建築前，老闆娘叫寧子薰站住等候，一人扭著水桶腰進去了。守門口的雜役自然都認得她，熟絡的打著招呼：「喬二嬸子來送胭脂？」

喬二嬸子一揮小手帕，說：「你們當家的在嗎？」

雜役努了努嘴，小聲說：「這不正教訓幾個不成材的小鬼頭嘛！」

喬二嬸子攏了攏歪戴著碩大牡丹花的髮型，甩著小手帕走了進去。寧子薰站在房檐的陰影處，好奇的望著這裡。

她一直住在淳安王府，很少有機會出門，僅有的幾次也是逛廟會之類的市集，很少能深入到百姓的生活中。她並不知道她所在的地方是哪裡，只覺得這裡的人，尤其是年輕男性都挺奇怪的，穿得比宮裡的女人還花俏，一個個水蛇腰還塗口脂，見到她還有莫名的敵意……

這時喬二嬸子掀起水晶珠簾，衝她招手。

寧子薰忙走過去，水晶珠簾內滿是嗆鼻的粉香味，對殭屍來說有些難受。她眨了眨眼睛，看到碩大的梨花風雪屏下立著一個男人。

他像是剛剛起床似的，一頭烏黑的長髮如流水般洩在身後，一件華麗繁複的鏤金纏枝海棠大紅衣袍披在肩頭，露出月白底色的雲紋底衣。雖然他不年輕，但卻長了一張好看的臉，飛眉入鬢，星眼朦朧，舉手投足間有一種頹然慵懶的美。

此時，他手中正拿著根竹條陰沉著臉看著她。

難道這位「老闆」跟淳安王一樣，也有起床氣？寧子薰眨了眨眼，想起馬公公教過的禮儀，忙上前行禮：「見過老闆。」

「雪當家，這就是我說的那孩子！」喬二嬸子忙接了一句。

雪當家挑了挑眉，上下仔細打量了一番，一副高高在上的樣子道：「有蝨子的不要，有腋臭的不要，有沙眼的不要，口齒不清的不要，肌膚有疤的不要……」

喬二嬸子捏著小手帕，笑得肥肉直抖：「嗐～看雪當家說的，這些老規矩我都知道。有這些毛病的我也不敢領到您面前不是？」

雪當家挑剔的再掃了一遍「貨色」，連珠炮似的問道：「你多大了，家在哪住？識字嗎？可會什麼才藝？」

寧子薰這腦容量當然要消化一陣子，看著她呆呆的樣子，雪當家不由得皺眉。

「我……十六歲，家住京郊，認識字，才藝是指什麼？」寧子薰側頭問道。她不明白當個苦力還得有文化？

雪當家說：「琴棋書畫你會哪樣？」

「哪樣……」寧子薰瞪眼道：「都不會！」

馬公公那麼挑剔的人都放棄她了，這個老闆如果還用這些折磨她，她寧可不賺錢了！

雪當家扶額，瞪了一眼喬二嬸子，說：「除了一張臉，還有什麼可取之處嗎？」

喬二嬸子衝雪當家施了個眼神，兩人走到屏風後面小聲嘀咕。

喬二嬸子說：「現在京城管得這麼緊，說是怕南虞奸細混進來，很難從外面弄標緻的孩子呀！好不容易有個新鮮貨，您將就著試試，說不定那些達官顯貴們喜歡換換清淡口味呢！」

雪當家皺眉想了想，最近的確很難弄人進京城。他這流風浣雪閣正是青黃不接之時，幾個當紅的小倌整天忙得要死，可二、三等的又不成才。做生意講究的是源源不斷，頭等的那幾個客人滿了，再來的客人見不到自然要找其他的，結果那些不成才的又留不住客人，白白便宜了旁邊跟他敵對的清歌苑！

他心中生氣，自然要訓斥那幾個不成氣的，正趕上喬二嬸子送人來……若說這孩子，長得倒是不錯，眉清目秀，只是這呆呆的眼神讓他很是無語，一看就不是個精明的！不過現在人員吃緊，沒辦法也只能湊個數了。

雪當家小聲說：「可有賣身契約？」

喬二嬸子踮腳低聲說：「這孩子是自由身，哪來的賣身契！現在管得這麼嚴，拐帶人口的事我可不敢幹！再說他年紀可不小了，就算強迫他同意，他見了客人亂說，傳出去雪當家您也吃不消呀！這小子是窮人家的孩子，就為賺錢，只要雪當家讓他見識一下流風浣雪的氣派和吃穿用度，保證他樂意在這幹！」

雪當家點了點頭，從元寶形的錢袋裡拿出十兩銀子遞給喬二嬸子。

第3章 當小倌兒也不容易

喬二嬸子笑咪咪的走出來對寧子薰說：「雪當家同意留下你了，這包胭脂水粉算二嬸子送你的，你可得好好幹呀！」

寧子薰機械性的點點頭，把那包胭脂水粉繫到腰間的麻繩上。然後她挽起袖子，對雪當家說：「要我幹什麼活？」

雪當家攏起瀑布般的長髮，用一根碧玉簪綰住，細長的眸子瞥了她一眼，說道：「跟我進來！」

流風浣雪閣打造得華美異常，波斯地毯、水晶簾櫳、雕花隔罩、曲院幽深，精緻得像是走在畫中。流風浣雪分為四個大院落，分別是流觴、瑾風、浣花、月雪，每個院子都有一名最當紅的小倌，還帶著二、三等的師弟。

雪當家十分聰明，他不把當紅的一等小倌放在同一個院子，因為當紅的小倌都有自己的驕傲脾氣，就像鬥雞不能同籠，否則非得掐個你死我活——讓他們各有院落可以抬高他們的身分，使他們更得努力保持地位。而且把二、三等的小倌分配到各院，讓他們得以跟著當紅的師哥學習如何待客。

有競爭才有壓力，有壓力才有努力。在雪當家的管理下，流風浣雪成為京城最大的南風館。好這一口的達官顯貴絡繹不絕，真是日進斗金。

雪當家想了想，決定讓這隻菜鳥去流觴館……

流觴館的主人曲流觴是京城最出色的琴師，他原出身名門，其家族因參與先帝時的儲君之爭而獲罪，全家成年男丁下獄的下獄、抄斬的抄斬。因他當時只有六歲而逃出一命，與母親、妹妹發配北疆。

北方苦寒，為了給母親治病和養活妹妹，他只能自賣己身，雖然身陷泥淖，可卻不改其清高孤傲的性格。他醉心琴藝，一曲《獨幽操》名震大齊，達官顯貴趨之若鶩，連當今太后亦稱其琴藝「獨步天下」，所以雪當家都得讓他三分。

他性格孤傲清冷，所以很少管手下的師弟們，雪當家不敢強迫流觴，只得親自教導二、三等的小倌。

雪當家帶著以為自己在「打工」的殭屍來到流觴館。流觴館建在湖上，以水為載，曲徑低橋連接著水榭樓閣，兩邊茂盛的荷葉似一道綠幕把精巧的建築掩在其中，隱約可見樓閣的飛簷重角。最精妙的是樓閣中也通著六條水渠，若放了酒盞，順著水流可以直接到最中間的主樓，當時建築流觴館時就借用了曲水流觴的意境。

殭屍的目光完全被荷葉下的魚吸引了……這魚好像比淳安王府的肥啊！

魚兒們好像感覺到了「危機」，咻的一聲甩著尾巴沉入湖底。

這時，忽然一陣幽遠的琴聲從荷葉間傳來，有如萬壑松風，又如九霄鶴唳，不由得讓人為之一震。

雪當家嘆了口氣，臉色也變得難看起來。他見寧子薰聽得入迷停住了腳步，皺眉催促她快點進去。

流觴館內設計得十分清雅，沒有外面俗豔，水晶珠簾映著蕩漾的波光，反射到雪白的牆壁上形成一片片動感的水紋畫面。

寧子薰看到繡著白玉蘭花的紫蘇幔帳下，有個修長秀美的男子正手扶瑤琴徐徐而奏，黑色的長髮垂落在肩頭半掩著精緻卻清冷的面孔。對於美男什麼的寧子薰根本不關心，只覺得這個男人的冰塊臉很「親切」，讓她又想淳安王那座大冰山了。

見到雪當家來了，那些二、三等的小倌忙放下手中事物迎上來行禮。只有曲流觴依然端坐在琴檯前，纖長的手指行雲流水般撥動著琴弦。

雪當家也不擾他，撩衣坐在椅子上，接過小僮獻上的香茗品了起來，直到一曲終了才含笑道：「流觴今日心情不好?怎麼聽琴聲中有憤懣鬱結之音?」

曲流觴面無表情，眼中卻閃過一絲冷嘲之色道：「阿爹難道也能聽出琴意嗎?」

他話中有刺，雪當家又怎麼能聽不出來，放下茶盞道：「流觴還在為昨日之事生氣?居於這個行當也是沒辦法的事，那秦將軍是從北疆來的，行止是粗野了些，可你也不能得罪於他啊!要知道，現在三大營和宮內禁衛都換成了北疆來的班軍，他們深得皇上信任，這個秦將軍更是炙手可熱的人物。別人巴結他還來不及呢!你可好，把酒倒了人家一身!」

曲流觴冷笑道：「得罪了又如何?讓他來砍我!」

雪當家氣得臉都快揪到一起了，想起臉上的皺紋又忙用手撫臉，說：「我知道你在北疆流放吃了很多苦，更討厭北疆的軍人，但人家秦將軍又沒得罪你，你幹嘛給人冷臉看?秦將軍說了今晚還來，我告訴你，這回可得好好款待秦將軍!」

曲流觴有那種寧折不彎的孤傲性子，倏地起身冷著臉道：「我不見!」說完轉身就走。

雪當家氣急敗壞在背後直喊：「你再這樣清傲早晚會吃虧的!別想著你是大齊第一琴師，只要人家輕輕動動手指，你就死無葬身之地!」

曲流觴根本不理他，逕自走遠。

雪當家氣得差點暈過去，可也拿曲流觴沒辦法。曲流觴有「靠山」，而且朝中許多文官和門閥貴族子弟愛好風雅的都很推崇他，若真對他下狠手，就會有很多人來找自己「談心」了。真是豆腐掉到灰堆裡，吹不得、打不得！

但秦將軍是朝中新貴，又偏偏只看中了曲流觴，萬一來了見不到他，可怎麼辦呢？那讓浣花去見他……不行，浣花今天陪一群文人墨客遊湖評詩去了，那只能讓瑾風來了……

雪當家完全忘記了這次來的主要目的，風風火火的衝去瑾風館，把寧子薰忘了。

啊咧？！說好的打工呢……寧子薰撓頭望天。

「你是新來的？」

身後傳來少年的聲音，因為在換聲期，那聲音有如公鴨一般。

寧子薰回頭看到那個少年，他一襲淺蔥色的袍子，纖腰繫著玉珠絛環，長著一張可愛的娃娃臉。他微笑著看著她，還露出兩顆小虎牙。

其他人見雪當家和曲館主都走了，當然樂得偷懶也早散了，原本曲流觴就是個隨性的人，根本不管他們。

寧子薰點點頭，少年熱絡的上前拉住寧子薰的手，說：「本來我們流觴館就缺人，流觴哥哥又不太樂意搭理我們，多一個人總歸多一個幫手……我叫阿羽。另外四個叫宮、商、角、徵，是按音律起名字的。你呢，叫什麼名？」

「我……叫玄隱。」沒文化的殭屍又開始無恥抄襲。

「啊嚏～～～」正在大木桶裡舒服泡澡，額頭上頂著塊小方巾的玄隱子突然打了個噴嚏。他揉了揉鼻子叨咕著：「那個笨蛋殭屍，買個胭脂買到南虞去啦？」

阿羽乾笑了兩聲，道：「你的名字好拗口……對了，你會什麼樂器嗎？」

寧子薰搖了搖頭，阿羽驚訝的看著她，不甘心的繼續問：「那你會什麼？吟詩作畫還是棋藝劍術？」

寧子薰的腦袋搖得跟撥浪鼓似的，阿羽瞪大了眼睛問：「你什麼都不會，來流風浣雪幹什麼？」

「打工！」寧子薰簡潔的說。

阿羽嘴角擒著一縷壞笑，雙手抱膀說：「那你能幹什麼？」

「什麼活都行，我不怕累！」寧子薰挽起袖子，露出豆芽菜似的細嫩小胳膊。

阿羽是流觴館三等小倌，也彈得一手好琴，他是雪當家從越州南風館帶回來的。本以為進了流觴館就可以向大齊第一琴師曲流觴學習琴藝，結果曲流觴是個琴痴又性子清冷，根本不理會其他事情。阿羽只能偶爾站在曲流觴身邊偷學，再加上他自認外貌不錯卻一直得不到貴人青睞，是因為曲流觴從來不提攜師弟只霸著頭牌的身分，所以他對曲流觴早有不滿。

有一日，與曲流觴不合的楚瑾風悄悄找到他，塞給他不少銀票，又許諾把他介紹給有權有勢的貴公子，讓他成為頭牌代替曲流觴，條件就是：有機會就讓曲流觴身敗名裂，永遠翻不得身！

阿羽知道，在這種地方弱肉強食是生存的本能，若他得不到成為紅牌的機會，那將永遠被人踩在腳下，只能過悲慘的生活，待到紅顏憔悴之時就只剩下死路一條了！他不能就這樣悲慘的死去，他要站在最頂端！

而楚瑾風恨曲流觴則是因為雲丞相次子雲飛揚。因一次宴飲，楚瑾風被喝醉的客人強逼灌酒，雲二公子看不過去救了他，所以他對雲二公子動了真情。只可惜落花有意流水無情，雲二公子卻對在太后宮宴上演奏《獨幽操》的曲流觴一見鍾情。

楚瑾風因為看到那對兩情相悅之人而心生妒忌，那妒忌就像鴆毒腐蝕了他的心。他故意把消息傳到雲相那裡，雲相一怒之下狠狠鞭打了雲二公子，還把他派到南虞邊境去了。

這事已經過了兩、三年，聽說雲相似乎動搖了，想讓雲二公子回京城。楚瑾風嫉妒得發瘋，他也知道曲流觴對他很防範，他沒有下手的機會，就想藉阿羽之力剷除曲流觴。

整個京城貴族圈都知道曲流觴在等雲二公子，一是忌憚雲家的勢力，二是無人再能打動曲流觴，所以請他的都是些名流宴飲助興或風雅的詩會酒局，因此阿羽也沒找到機會。

不過最近邊軍入京替代了原來的禁軍成為皇上的直屬軍隊，這些從北疆來的武將們不懂京城貴族圈的規矩，更不了解那些陳年舊聞。所以那位秦將軍才極力向曲流觴示好，結果他的粗魯惹惱了曲流觴，潑了他一身酒，才有今日雪當家和曲流觴的對話。

阿羽覺得這是個機會，秦將軍出身草根。殺過人見過血的軍人性子都野著呢，他就想從秦將軍這裡下手。

阿羽看出寧子薰是個菜鳥中的戰鬥雞，就想利用「他」當替死鬼。

於是阿羽親熱的說：「你穿這身哪行啊，我幫你找件衣服，再把頭髮束一下。」

阿羽把自己的一件月白色漸染水墨梅紋的煙羅軟緞袍子借給了寧子薰，又幫她把長髮束好用一根羊脂白玉簪綰好，頓時鏡中就出現了一位眉目如畫的美少年。

阿羽還替她淡淡的撲了層珍珠粉，塗了脣脂。

殭屍有些抗拒了：她都是「男人」了，怎麼還得往臉上塗塗畫畫啊？這張假臉萬一掉下來怎麼辦？

阿羽按住她說：「別動！當小倌的不打扮得漂漂亮亮怎麼見客人？」

「美少年」瞪著死魚眼望著阿羽，問道：「小倌是幹什麼？」

阿羽掩口媚笑：「阿爹沒告訴你嗎？小倌就是伺候男人的，只要讓大爺們高興了，就能得到許多許多銀子。」

原來讓人高興也能賺銀子啊……殭屍腦袋上亮了個小燈泡。

接著阿羽又教了她許多行止禮儀，還有如何為客人斟酒倒茶之類的……

這個時候，雪當家才匆匆回到流觴館。他看到阿羽正在教新來的菜鳥也不甚在意，隨口道：「阿爹事多都忙忘了！多虧阿羽你是個有眼色的，這小子就交給你帶幾天。咦～他身上這件衣服是你的吧……阿爹明日再補件新的給你。今日秦將軍要來流觴館，你和師弟們快點準備，叫小廝們把房間好好打掃打掃，還要加幾件古董擺設……」好吧，他又跑題了。

「是，阿爹。」阿羽一副乖巧的樣子垂手聆聽。

看雪當家一副灰頭土臉的樣子就知道他一定沒擺平曲流觴。今晚一定會有場好戲……

◎※※※◎※※※◎※※※◎

等金烏墜落，玉兔高升之時，舊簾子胡同就成了另一個世界，光怪陸離、奢靡繁華，那盞盞明燈與月爭輝，形形色色的人物匯集其間，處處傳來歌僮淺唱低吟和推杯換盞的調笑聲。

一隊青鬃烈馬疾馳而來，雖然那些人並未著甲胄可卻體形魁梧，渾身卻散發著剽悍氣息。即便到了胡同口他們放緩了速度，可兩邊的馬車和行人都不由自主的讓開了道路……

北疆班軍的身影現在在京城隨處可見，那些性如烈火的北方漢子走到哪裡都是容易辨認的。特別是他們所騎的戰馬都是清一水的北狄烈馬，高大健碩，鐵青色的馬匹毛片，長長的馬鬃從不修剪，隨意飛揚著。

為首的是個虯髯大漢，滿面的鬍鬚遮著半張臉，唯有那雙眼睛讓人過目不忘，好像刀鋒般閃著犀利的寒光。

他身邊面色黝黑的青年，不自在的扯了扯暗藍色四合如意八寶流雲紋樣的湖綢衣服。這些軍人穿慣了布衣鐵甲，穿這種文謅謅的廣袖長袍感覺手腳都不知放哪好了。

「秦大哥，我一進這種地方就渾身起雞皮疙瘩，要不我在門口替你護衛得了！」黑壯青年涎著臉笑，露出一口雪白的牙齒。

那個虯髯大漢一把抓住他手腕，左右看看小聲說：「少扯蛋！你以為老子樂意來嗎？要不是……咳咳，那位交代的，老子連半隻腳都不會踏進來！」

黑壯青年不樂意的嘟囔著：「那……不是主上交給秦大哥的任務嗎？又沒叫我去跟那個什麼曲流觴套近乎，我看見那幫小倌打扮得跟小娘們似的往我身上靠，我就蛋疼！」

「媽的，你再廢話信不信老子讓你蛋碎！」虯髯大漢一瞇眼睛。

兩人正瞪著眼，只見雪當家邁著娉婷的步伐風情萬種的朝他們走來，上前一把就挽住了虯髯大漢，嗲聲道：「哎喲~我的秦大將軍，您怎麼才來？讓奴家好等！」

這兩個在戰場上腸子豁出來都能塞回去繼續砍人的漢子腳一軟，差點摔倒。

秦將軍還算有定力，他強忍著那股濃烈的香粉味，指著身後隨從們捧著的禮盒道：「小小禮物不成敬意，送給流觴公子和雪當家，望請笑納。」

雪當家一打眼就看出來都是好東西：第一個盒子裝滿了鴿子蛋大小的遼東珍珠，在夜色下散發著淡黃色，晶瑩剔透，價值連城；另一個盒子裝著紫貂玄狐，還有一張巨大的雪熊皮子——雪熊那巨大頭顱和獠牙彰顯著要獵捕牠可絕非易事；第三個盒子則是西疆出產的一整塊羊脂美玉。

這些好東西有銀子都沒處弄去，他還真小瞧了這個北疆寒苦之地來的武將！本來以為他們都是窮鬼，沒想到出手可真大方。

雪當家眼睛直閃金光，一眼瞥見旁邊他的死敵——清歌苑的裴冷雲正咬著小手帕眼中冒火，就別提他心情有多爽了！

他笑得見牙不見眼，死死挽著秦猛說道：「秦將軍何必這麼客氣呢，奴家早就備下了水酒等候將軍了！」

秦將軍咳了一聲，道：「昨日都是在下唐突了流觴公子，所以就帶了些特產，還望雪當家幫在下美言幾句，讓流觴公子不要生在下的氣了。」

雪當家扭著水蛇腰拉著秦將軍往院裡走，邊走邊道：「流觴哪敢生秦將軍您的氣啊～您剛一走，他就懊悔得不行，站在外面水榭許久，這不一著急就著了涼。今天一早就發起熱來，額頭滾燙，還請了大夫來瞧，現在還睡著～我這就叫他起來，秦將軍您先用些點心，我叫幾個清俊的孩子來伺候您……」

黑壯青年聽得翻了個白眼，雪當家是八面玲瓏的人物，自然看得出來，忙開口道：「這位小將軍上次也曾匆匆一見，還不知小將軍高姓大名呢？」

黑壯青年別過頭不理，秦將軍只得開口道：「他叫馮六斤，是個孤兒，一直跟著我，是我的副將。」

「原來是馮副將，奴家失敬了！上次沒能好好招待兩位，奴家實在過意不去……」雪當家衝左右一使眼色，打扮得像花兒似的少年們上前簇擁住兩人，把他們擁進流觴館。

兩個人當場就被弄成了大紅臉……的確，若說戰場拚殺他們都是駕輕就熟，可這風月場中他們就成了兩隻傻麅子任人宰割。

雪當家回頭，低聲對小廝們說：「快去請其他三位公子，傳我的話——今晚誰若是能把秦將軍『拿下』，那張雪熊皮就是誰的了！」

小廝們等不得一聲，馬上跑到其他三個院去傳話了。

雪當家咬牙暗想：這個金主死活都不能放過！若不是曲流觴有雲二公子罩著，自己就是綁也要把他綁到秦將軍床上！

想到這裡，雪當家端著一大盒子東珠親自去找曲流觴，想再試一次……

除了瑾風是雪當家提前通知的，其他兩人都是有客人相陪。不過，一張齊國罕見的雪熊皮，讓他們這些「見多識廣」的紅牌們也動了心思。

幾個只有十三、四歲的小清倌打扮得粉妝玉砌，團團圍住秦將軍和馮六斤，又是斟酒又是剝葡萄。

「你……你你……離我遠點！」馮六斤一把推開欲靠向自己的小清倌。

秦猛皺眉，不悅的說：「你們都下去，我們倆還是自斟自飲痛快些！」

那幾個小清倌一見秦猛虎著臉，都嚇得連忙起身一溜煙跑出門外。

秦猛今年已然二十有七卻未成家，因為常年駐守北疆，除了整日習武訓練兵士，就是與北狄人交戰，把腦袋別在褲腰帶上，哪有好人家的閨女樂意嫁他？況且他怕自己死在沙場上，也不願意坑了人家閨女，所以就蹉跎至今。

淳安王的一招「引君入甕」，把北狄主力部隊都引入大齊腹地一舉殲滅，解決了多年隱患，又遷了內地百姓到北疆墾荒種田，北疆如此安居樂業他們也卸下了重任。他本來想著聘娶一房妻氏，解甲歸田過過好日子，結果淳安王一紙調令，王朗大帥就把他們帶到了京城……可真算造化弄人！

京城是個花花世界，若不是「主子」交代，他都不知道原來男人也可以「伺候」男人！不過一看到這些男人都塗脂抹粉弄得不男不女，他就渾身不自在。

這時，忽然外面水榭傳來一陣琴聲，夜風輕捲輕紗，如雲似霧，朦朧夜色中有人坐在綠荷間淺唱低吟。

「我有冰弦，翩若佳人，銅雀欲鎖，王孫爭睹，妙手一揮，城國將傾……」

是曲流觴?秦猛衝馮六斤點了點頭，示意他去門口把守，畢竟有些事不能讓外人聽到。

秦猛站起身來，端著酒杯走了出去。沿著九曲橋，分開荷花葉，只見亭子上端然而坐一位俊美的少年。

秦猛皺了皺眉頭……原來這少年並不是曲流觴。

那少年見秦猛怔然望著他，美目微轉，巧笑倩兮，止音說道：「瑾風拜見秦將軍。」

秦猛頓時沒了興趣，本來他就是衝著曲流觴來的，其他人對他來說根本不重要。

一瞬間，瑾風就從秦將軍眼中讀出了「失落」兩字，不由得銀牙暗咬：我哪裡比不過曲流觴？為什麼雲二公子、秦將軍都看不上我？

瑾風一雙大眼睛登時迷離如霧，聲音也含滿了委屈：「秦將軍是覺得小奴的琴藝不如流觴好嗎？」

秦猛咳了一聲，道：「沒有。」

「小奴知道秦將軍在等流觴，可流觴『生病』了，不能來伺候將軍。小奴一直仰慕秦將軍風姿，這才想李代桃僵替流觴伺候將軍，望將軍不棄小奴姿顏鄙陋。」

秦猛連連搖頭，「對不起，這位公子，我等的是流觴公子。」

瑾風泫然欲泣低聲道：「對不起，是瑾風貿然行事讓將軍為難了，瑾風這就離開。」說著他抱琴起身，可剛走到秦猛身邊時，腳下一「絆」，踉蹌著撲向湖中！秦猛下意識的一攔，瑾風順勢柔若無骨的趴在他懷中。

「哎呀……」瑾風一聲驚呼。

秦猛光顧著救他，手指則被琴弦割出了血。這卻在瑾風算計之外，他抬起剪水雙瞳，輕握住秦猛的手，道：「都怪小奴讓秦將軍受傷了！」

「不礙事，這點小傷不算什麼，你……還是起來吧。」秦猛耳朵根都紅了。因為瑾風完全倚在他身上，還是極曖昧的那種姿勢。

兩個人的身體緊緊貼在一起，陣陣濃烈的粉香味傳入鼻中，秦猛只覺得血脈賁張似乎快要壓抑不住。瑾風一雙柔荑捧住他受傷的手，把手指含在口中，舌尖順著他手指熟稔的打著圈，酥酥麻麻的感覺一下子竄到了脊梁骨……

這樣的挑逗是個正常男人都受不了，更何況他抹的香粉中還有催情香！

只見秦猛呼吸沉重起來，喉結蠕動，額頭頓時冒了汗。

「將軍，讓小奴伺候將軍可好？」瑾風抬起頭，情慾染滿雙眸。

「不……不要！走開！」那刺激的香味讓秦猛意識迷離，最原始的衝動就快支配他的大腦了。

「將軍……小奴真的是仰慕將軍啊，將軍難道不喜歡小奴嗎？」瑾風故意露出漂亮的蝴蝶骨，脣邊揚起一抹計成的狡笑，伸手去解秦猛的腰帶……

只聽匡的一聲，嚇得他手一抖。

回頭望去，只見一名面癱的白衣少年腳下躺著一個洗臉的銅盆。

「你是誰？怎麼進來的？」流觴館的所有小倌他都認得，這個面生的少年是誰派來壞他好事的？

「你沒看到秦將軍表情很痛苦嗎？當小倌不是應該讓客人快樂嗎？你幹嘛壓著他？」白衣少年微微歪著頭，一臉「正義」。

瑾風都快氣死了，馬上就要入港卻被這個二愣子打斷。

「你快點滾開，否則我告訴阿爹讓你吃不了兜著走！」他說。

白衣少年看了一眼呼吸越來越急促的秦將軍，邁步走到跟前，就像提一隻雞崽似的把瑾風拎了起來，手輕輕一揚，瑾風「咻」的一聲就順著牆頭消失在夜色中了。

然後白衣少年拉起了秦猛，想了想，撲通一聲丟進荷花池……

「噗嚕噗嚕～」水面冒出了許多泡泡，秦大將軍猛地從水裡露出頭。他摸了一把臉，喝道：「你……你是什麼人？想淹死本將軍啊！」

「我叫玄隱。」白衣少年——寧子薰不知道從哪變出一根竹竿遞到水中，把秦大將軍從水裡「挑」了出來，說道：「他身上的香有問題，我是在救你好不好。」

秦猛凝目一想，也明白了方才為何會失控。不過……這種解救方法也有點太過了吧？

「外面有人看守，你是怎麼進來的？」秦猛皺眉打量這個少年，為了防止別人聽到他和曲流觴說的話，他明明派馮六斤守住門口，任何人都不許進來的。

寧子薰面無表情的指了指房頂，說：「我一直待在上面啊！」

「你在上面幹嘛？」秦猛心中一驚，該不會是雪當家派來監視他的吧？

寧子薰道：「學習怎麼取悅客人，結果……卻看到瑾風公子欺負你。」

「什麼欺負！老子只不過一時大意！」說得秦猛老臉一紅。

堂堂大將軍被人下迷藥什麼的說出去還不臊死，他才不會承認呢！

兩人邊說邊走進屋內，寧子薰從壁櫥中取出手巾和一件灰袍子，靜靜的看著他，那雙澄清的眼睛讓秦猛心中一緊——該死的，這媚藥的勁兒還沒過去！

秦猛終於對這些看上去「人畜無害」的小倌有了警惕之心，他瞪了一眼這個叫玄隱的小倌，說：「你轉過身去！」

寧子薰乖乖的轉過身去，聽到身後窸窸窣窣的換衣聲不由得癟了癟嘴，心想：我不是救了你嗎？怎麼還生氣啊？

秦猛換好衣服冷冷的說：「方才的事不准透露半分！否則本將軍讓你死無埋身之地！」

「是……」寧子薰用力點點頭，然後用星星眼望著他……傳說中的賞銀呢？

秦猛根本沒看她，只覺得有些發冷，蓬鬆凌亂的鬍子濕答答的貼在臉上更顯狼狽。他看到桌上有酒，伸手去拿酒壺，想喝點酒暖暖身子。

他的手指尖還沒碰到壺把，寧子薰早就一把將酒壺拿了起來，說：「奴家替您倒酒。」

這句完全是現學現賣。

秦猛翻了個白眼，伸手去搶，「不用，你出去！」

他的手抓著壺把用力一扯……可是居然沒扯動。

寧子薰很優雅的翹著蘭花指輕輕拿著酒壺，用無辜的小眼神看著他。秦猛怔了一下，用力拉住壺，突然啪的一聲，手裡多了個銀色的壺把，那個酒壺還在對方兩隻手指之間捏著。

「倒酒……是小倌應該做的。」寧子薰才不管秦大將軍的燈泡眼，動作優雅的拿起酒盅後，徐徐倒了一杯酒遞給秦猛。

不可能吧……秦猛眼睛都快瞪出來了。他在軍中可是出了名的勇力過人，怎麼可能連個小倌都比不過？

他突然五指化拳猛地襲向寧子薰的面門，寧子薰向後一退，只用一隻手的指尖就抵住他的拳頭。秦猛愣了一下，頓時心中燃起熊熊怒火，一聲虎嘯，用盡平生最大力量揮拳而上！

啊咧～她不過是倒個酒，怎麼就惹惱了客人呢？連半塊銀子都沒賺到，跟阿羽說的不一樣啊！

寧子薰擋住他的攻擊，順勢擒住他的手腕用力一扭，就把他的手臂扭到背後去了。

這簡直是奇恥大辱！他一個堂堂的將軍居然一晚上連遭兩次羞辱！比起被下媚藥強行○○××來，被一個小倌單手打敗似乎更丟人些……

「你、你到底是什麼人？」秦猛掙扎。

——我會告訴你我是來打工的嗎？

寧子薰扛起這個身強力壯的漢子，提起酒壺，咻的一聲竄上房頂。

「啊啊啊啊～～～」粗獷的喝叫聲迴盪在充斥著靡靡之音的夜空中。

秦猛沒想到這小倌還是個輕功高手！沒幾步就竄到了流觴館的最高處。

她輕輕放下秦猛，把那壺酒遞到他面前。

秦猛曾經無數次的上過沙場，無論多麼殘酷慘烈的場面都不能讓他動容，那血肉橫飛、生死一線的畫面，都抵不過今晚這詭異的情景讓他驚心。

「你……你到底想幹什麼？」秦猛向後退了幾步，可他發現斜角式的飛簷十分陡峭，稍微一踩空就會掉下去。他第一次知道，喵的原來他還有懼高症……

寧子薰指了指天空，秦猛順著她的手指望去，只見整個京城都籠罩在朦朧的月光中，那些微亮的燈光就像山野間隨處閃爍的螢火蟲。遠遠的，樹林蔥蘢處是巍峨的宮牆，是他每天都去當值的地方；樓臺之下，那半弦彎月映在流觴館的水池中，一片綠波翻湧處露出朱欄曲橋，點點燈光鑲嵌其間……置身其中感受不到的美景，只有在這人所不至的高處才能看得到。

秦猛也覺得這個少年不似對自己有惡意，以他的力量當場殺了自己都可以，難道……

他緩緩開口：「你……難道是想讓我看風景？」

寧子薰點點頭，把酒壺遞過去。

秦猛灌了一大口酒，青衫被微風吹拂著，烈酒入喉，才讓他平復了幾分鎮定。他看了一眼那個面癱少年，只覺那雙清澈簡單的眼睛與他所見過的其他小倌不同，彷彿不曾沾染紅塵一般。

這孩子有雙好看的眼睛，而且有這般神力又會輕功，怎麼會流落到下九流的地方呢？秦猛有心招攬，遂把酒壺一伸，道：「你也來一口！」

寧子薰本來要拒絕，突然想起阿羽說不能拒絕客人的要求，所以接過來也灌了一大口。不過她不知道這酒裡也是放了藥的……沒一時就騎在飛簷的瓦片上，瞇著貓眼打起了酒嗝。

「你為什麼會流落到這種地方？以你的本事，想要逃的話，誰也攔不住你，為什麼還留在這裡？」秦猛剛想嘮點正事卻被少年打斷。

「銀子……」寧子薰眼睛直勾勾的盯著他，伸出爪子。

第4章

臥底淳安王府

「呃，你說什麼？」秦猛不解。

寧子薰打了個嗝，說：「伺候客人開心就有銀子拿！」

秦猛雙手一攤表示：「現在身上沒有銀子，等我回去就叫人拿銀子給你還不成嗎？」

寧子薰一股酒氣撲了上來，按倒秦猛，「不給銀子就不准走……」

正當兩人糾纏之際，下面突然傳來喊聲：「放開他！你是什麼人？竟敢綁架秦將軍，不想活啦！」

原來是馮六斤聽到秦猛的慘叫聲衝進房間，可四處找了半天卻沒找到人影，聽到高處有人說話這才跑出來，抬頭就看到他那勇猛無敵的秦大哥被一個白衣少年壓在身下。

「放開他！」馮六斤試了兩下，柱子太滑，爬不上去所以只能氣急敗壞的大叫。

「不要！」寧子薰像隻貓伸出爪子死死按住秦猛，看他拚命掙扎就一屁股騎在他身上。

秦猛覺得自己簡直在跟一頭大象摔跤，用盡全力都抬不動對方一個腳趾……可那個沒眼力的馮六斤還在大吵大鬧。他翻了個白眼，衝馮六斤道：「還嫌不夠丟人啊！快點準備銀子去，丟上來！」

馮六斤的吵鬧聲已經引起了別人注意，不一時流觴館就來了許多人駐足。有人忙去稟報了雪當家，雪當家頂著一臉茶葉沫——被曲流觴噴的——臉色鐵青的跑了來。

「吵什麼吵，還不回去伺候客人！」

雪當家冷著臉訓斥那些小倌，再一抬頭，整張臉都扭曲了……

只見流觴閣最高處有個白衣少年瞇著眼睛像隻不饜足的貓，屁股底下坐著「獵物」正向人「示威」。那個「獵物」有點眼熟……噗，他噴了一口老血，差點暈過去：這不是秦大將軍嗎？

「玄隱，你……你怎麼爬那麼高？快點，快點把秦將軍放下來！」雪當家腳都嚇軟了，這麼高掉下來非摔成肉餅不可！

「可是我還沒收到銀子啊！」寧子薰打了個嗝後，不滿的控訴。

秦將軍默默的用手擋住臉，明日京城頭條一定是：禁衛將軍秦某逛南風館被小倌綁架贖銀……他的劍呢？不想活了。

「你下來，阿爹給你銀子！」雪當家放柔了聲音哄道。當務之急是把這傢伙哄下來，等他下來……哼！

「不要，我一下去你們不給錢怎麼辦？」寧子薰警惕的說。對銀子的執念已經突破了低智商。

雪當家氣得一跺腳，喝道：「你們還愣著幹嘛，去搬梯子！我就不信治不住你！」

小廝們為難的說：「哪有那麼高的梯子啊？」

雪當家狠狠瞪了一眼，「你們是死人啊！不會把兩個梯子連到一起！」

這時，取了銀子的馮六斤跑回來，舉著銀子道：「銀子在這，快放了秦將軍！」

他舉起胳膊用力朝空中一拋，那袋銀子甩出一道弧線朝寧子薰飛去。

醉殭此時早已醉眼朦朧，眼見著「兩袋銀子」飛過來，起身搖搖晃晃去接。

秦猛趁此時來了個鯉魚打挺，躍起來想逃，非常不幸的是他的衣襬還在寧子薰的腳下，結果他沒挺起來，直接趴到了瓦片上。寧子薰也被扯得差點滑倒，她一抬腳，秦猛順著魚鱗似的瓦片向下滑去……

下面發出一片尖叫聲，眼見秦將軍就快滑到滴雨簷下，寧子薰一手接住銀子包，另一隻手猛地抓住了秦將軍……的鬍子。

「啊啊啊——」秦猛疼得哇哇大叫，整個人像隻巨大的黑蜘蛛在空中亂舞著。

寧子薰就像拔蘿蔔似的把他「拎」了上去，說：「都告訴你別亂跑了……」

酒勁上來了，她的頭磕在他的肩膀上把他壓倒在房脊上，雖然睡得像隻豬，可手還死死抓著銀子包。

秦猛都快氣瘋了，一世英明就毀在這個小倌手裡！他真想把他一腳踹到樓下去！他的手抵住玄隱的胸想把他推開，結果……他突然停住不動了。隔著單薄的春衫他感覺到了裹胸布，而且微微敞開的領口正對著他，露出一片雪白的肌膚，還有裹布中間的一道溝……

女人？這個小倌居然是個女人！

秦猛一窒，那雙托在胸上的手一鬆。玄隱重重落在他懷中，不舒服的蹭了蹭，然後又呼呼睡去。

他竟然被一個女人欺負得這麼慘……

秦猛聽不到樓下此起彼落的喊叫聲，此時完全石化了。

少年……不，少女頭壓著他的肩，露出纖細的脖頸，被月光鍍了層銀霜，彷彿像瓷器般光滑細膩。他甚至聽到了少女緩慢的心跳聲，可他自己的卻越跳越快，就像擂鼓一般。

二十七年的生命中，他從未跟女人如此近距離的接觸。而這一刻，他連動都不敢動一下，身體殭硬得像雕像。

下面的人已七手八腳的綁好了雲梯，馮六斤忙爬了上來。他氣急敗壞的上前就拉扯住那酣睡不醒的「罪犯」，卻被秦將軍一把攔住。

馮六斤會意，忙把腰刀伸出來說：「大哥的意思是直接砍死他？」

秦猛：「……」

馮六斤看他面色不佳，忙說：「還是算了，下去再砍吧，弄一房頂血太難收拾。」

秦猛不說話，搶過腰刀，刷的一刀！

那濃密的鬍子被削掉了一邊，原來玄隱睡著了還揪著他一綹鬍子……

「秦大哥，你這是？」馮六斤眼都紅了。

秦猛毫不在意，起身對馮六斤說：「這裡是京城，不是北疆，想殺人就殺嗎？」

「那也不能饒了這小子！一會兒我非打得他娘親都不認識！」馮六斤氣哼哼的說。

秦猛皺眉，低聲道：「今晚就是場鬧劇，可別忘了咱們的任務還沒完成！」

說得馮六斤閉了嘴，他只覺得到了京城就沒一天痛快過，不能縱馬飛馳，不能暢快飲酒，不能快意恩仇，他越發想念在北疆的日子。

等兩人平安下來，雪當家一顆心才落了地。他那一臉粉妝早就花了，抽抽搭搭的撲過來，說：「秦將軍……這個人真不是奴家派來的！他不過是今天新來的雜役，誰知道他居然敢襲擊將軍！嗚嗚嗚……」

秦猛面色一寒，嚇得雪當家忙端正站好。他知道，這下可把當紅新貴得罪個徹底了！

秦猛道：「今日之事想要本將軍不追究，有個條件……」

雪當家忙屈身道：「什麼事奴家都聽將軍吩咐。」

遠遠的阿羽在樹影後隱去身形，他也嚇得要命，哪裡知道玄隱那看著弱不禁風的小身板有這麼大的力氣，居然把秦將軍都弄得這麼狼狽。本來他想害曲流觴，結果卻差點把秦將軍弄死！

寧子薰只覺得這一覺睡得好累，總有蒼蠅在耳邊嗡嗡叫著，可是眼皮好沉，怎麼抬也抬不起來。直到有人用力擰她的臉，她才突然驚醒——臉是假的，一擰會掉！

「你睡得倒真沉啊！」雪當家臉色黑得像鍋底。

「阿爹，發生什麼事了？」寧子薰趕忙揉了揉臉，還好沒掉。

雪當家冷哼一聲：「你可真是命大，秦大將軍居然不追究你的過失！」

寧子薰根本不知道他在說什麼，側頭一臉迷惑的望著他。

雪當家瞇著眼睛，一臉不滿的說：「沒準兒那秦將軍就好這口！看上去越是剛猛的男人，就越是喜歡暴虐啊～～小子，你走了狗屎運！秦大將軍看上你了，今晚你就準備準備吧，打扮得漂漂亮亮的，他會來摘你的牌子的。」

好吧，雪當家認定了秦將軍喜歡ＳＭ，小皮鞭小蠟燭什麼的都偷偷準備好了。

雖然玄隱這小子把流風浣雪鬧得天翻地覆，也算解了燃眉之急，起碼秦將軍不再要求見曲流觴，解除了他的壓力。

不過規矩還是要立的，雪當家說：「昨晚你綁了秦將軍，把他弄到流觴館房頂上，所有人都看見了！這樣鬧得不像話實在失了流風浣雪的體統，小倌犯錯也必須懲戒，否則其他人都有樣學樣還得了？你跪下！」

殭屍同學都被懲罰習慣了，犯錯就是家常便飯啊，跟跳蚤咬沒啥區別。

她麻利的跪在地上，雪當家挑了挑眉，對一旁戰戰兢兢的阿羽說：「你也跪下！若不是你教得不好，他能犯這麼大的錯嗎？幸而秦將軍好這口，不追究，否則你們倆的小命就難保了！」

阿羽紅了眼圈，幽怨的看了一眼玄隱，沒說話。

「行刑！」雪當家坐在椅子上蹺起二郎腿。

左右小廝拿起竹板把兩人按倒，照著腿拍拍打了起來。

寧子薰當然不知道南風館的規矩：板子打小腿，絕對不能打屁股什麼的……打了二十下，兩人的小腿都被打出了幾道血痕，腫成了胡蘿蔔，雪當家才把茶碗重重一扣，說：「行了，帶下去上藥，傳與各處，再有醉酒惹事的就照這個樣打！」

抱著那一包挨打換來的銀子，寧子薰死也不放手。這時寧子薰才明白，在這個世界稀有金屬是多麼的重要，難怪小瑜和玄隱子都那麼喜歡銀子！

流風浣雪有專門的醫生，畢竟那些小倌會經常受傷，這位莫郎中擅長看外傷，名號「菊花聖手」，專門配製的外傷藥膏算是很管用。

他替寧子薰和阿羽上了藥包好傷口就走了，阿羽捂著腿齜牙咧嘴，而寧子薰卻抱著銀子下了地。

阿羽沒好氣的問：「你幹嘛去？」

她說：「我要回去一趟送銀子。」

阿羽吸了一口冷氣，說：「你不疼啊？再說沒有阿爹允許，你怎麼能隨便出去呢？」

寧子薰不理他逕自推開窗戶，一躍而出，很快就消失在牆外了。

阿羽咬牙：哼，一定是他今天晚上要接待秦將軍，阿爹吩咐人「放水」了！

◎※※※◎※※※◎※※※◎

寧子薰抱著銀子和那包過期的胭脂水粉飛奔跑回牛耳胡同，剛一開門，一個黑影撲了上來，寧子薰下意識的一拳打了過去。

「哎喲，是道爺我啦！」地上趴著的人哀號。

寧子薰忍不住吐槽：「你穿成這樣很嚇人知不知道？」

玄隱子穿著一身大花紗袍，還把鬍子都刮淨了，胸前弄了兩個甜瓜，看上去十分「波瀾壯闊」。他爬起來揉著臉問道：「妳買胭脂買到南虞去了？我還以為妳不小心洩露身分被抓了呢！」

「你給的銀子不夠，我得去賺錢啊！巴拉巴拉……」她順便把她打工的經歷說了一遍。

玄隱子聽得直翻白眼……豬啊這人！那地方是她能去的嗎？沒露底就算走運了……等等，那個「看上」她的將軍是秦猛？

寧子薰想了想，說：「好像聽其他小倌說過，是叫秦猛。」

玄隱子一把抓住她，「那個秦將軍可是皇上身邊新近紅人，掌管皇宮禁軍的秦猛？」

玄隱子兩眼放光，「這下可有辦法進宮了！」

沒想到秦將軍喜歡男人，玄隱子習慣的摸鬍子，卻摸了個空。他對寧子薰說：「把那胭脂水粉給我。」

玄隱子拿著胭脂水粉進了房間，不一時，再出來就變成了個「妖豔」老婦。

好在殭屍不吃飯，也沒啥可吐的，最多就是覺得有點刺眼睛……

玄隱子拿起寧子薰十分寶貝的銀子袋，尖著嗓子道：「本……咳，老娘出去買點東西，妳在家等著，可別亂跑啊！」

寧子薰捂著眼睛說：「道長，你確定你這樣上街不會挨打？不行，還是我去吧。」

玄隱子白了她一眼，說：「妳一個殭屍知道什麼？老娘這是風韻猶存！」說完邁著小碎步出門去了。

殭屍耳朵靈，只聽見牆外撲通一聲，似有什麼重物墜地，然後玄隱子尖著嗓子道：「看什麼看，沒見過美女啊？」

「哇——嘔——」有人吐了。

寧子薰搖了搖頭，伸手把耳朵堵上。

沒過多久，玄隱子抱著一大堆東西回來了，有吃的東西，還有幾件成衣和一團絨線球。

他吩咐殭屍去燒火做飯，跟小瑜生活的那段時間寧子薰學會了做飯——當然，好不好吃就另當別論了。玄隱子自己卻鑽進房間不知道忙活什麼，好半天才出來。

「喂，有東西給妳！」他拍了拍寧子薰的肩膀。

寧子薰回頭，臉上一道黑一道白——燒火弄的。

她定睛一看，老道手裡拿著用絨線做的東西，那個東西很像男性的某種器官。

她側頭，不解的看著玄隱子，問：「這是幹嘛的？」

玄隱子笑得一臉陰險：「吶，放到下面……妳現在是『男人』，若沒有小雞雞不就露餡了嗎！」

「哦～」寧子薰收下，很認真的點了點頭。

居然都沒抗拒啊……非人類果然沒有下限。玄隱子下意識的捋鬍子，卻摸了一手的粉。

◎※※※◎※※※◎※※※◎

等寧子薰回到流風浣雪已然天黑了，等得雪當家差點抓狂，把胭脂鋪子的老闆娘都叫來詢問寧子薰的住處了。

畢竟是第一次「梳櫳」，意義非凡。雪當家把最上等的衣服、佩飾都拿出來打扮「玄隱」，而且事先承諾的雪熊皮子也給了他。因此，這個連青倌的試用期都未過的無名之輩，風頭居然蓋過了四大紅牌。

當然，那些二、三等的小倌們都癟嘴：哪裡是他運氣好，只不過他會些武功，又趕上秦將軍喜歡玩ＳＭ，否則以他那張面癱的臉又不解風情，根本成不了紅牌好不好！

另外，由於之前玄隱跑了，阿羽未上報，雪當家大怒，阿羽又被打了二十竹板，估計這個月是走不了路了。

好在最後還是回來了，雪當家氣得扶額，要不是顧及秦將軍，他一定讓這小子脫層皮！

「快點換衣，再晚來不及了！」雪當家吩咐左右小廝們上來圍住玄隱。殭屍同學畢竟在古代生活了快一年，又讀了許多書，知道「男女授受不親」，萬一被這些人發現她是偽裝的那就慘了。而且那些小廝哪裡是她的對手，她一下就掃倒了好幾個，搶過衣服道：「我自己換！」

雪當家不由得皺起了眉頭，心想：秦將軍喜歡ＳＭ，這小子又是個愣頭青，第一次梳攏可別弄成了「將軍在下我在上」！

雪當家在憂心，而那些小廝正手腳麻利的替玄隱梳頭化妝，他們常年伺候小倌們梳洗打扮自然經驗豐富，沒有一盞茶的工夫已經把玄隱打扮得漂漂亮亮了。

那一身雪銀色的月華錦緞上繡著雲朵直盤到肩頭，那一簇簇花瓣落在衣襬的水紋中，漣漪可見……這華麗繁複的繡工，十個手法嫻熟的繡娘也得繡上一年！

腰間的金鑲寶石鬧裝也是煌煌輝目，一對俏皮的小金蟹在一汪晶瑩剔透的祖母綠翡翠上嬉戲。螃蟹殼是由貓眼石打造的，那八隻爪子可以隨著步伐而微微顫動，吐出的水泡是由大小均勻的珍珠構成的，一看就是價值連城的好東西。

那些沒有客人、擠進來看熱鬧的小倌們都用羨慕嫉妒恨的目光望著玄隱，還好殭屍同學現在是「二皮臉」，不怕別人冒火的目光。

不一時，外面小廝慌慌張張的跑進來稟報，說秦將軍的馬隊到了胡同口了。

雪當家忙整了整自己的衣服，拉上玄隱等人到門口去迎接。

當眾人來到門前時，一隊矯健的騎兵已然到了大門外下馬。

雪當家伸長了脖子張望，不見秦將軍身影，他不由得自言自語的說：「這是打前站的吧？只怕將軍還在後面呢……」

只見隊尾的馮六斤走上前來衝雪當家行了個禮，「今日禁宮換防，將軍親自督察所以來得晚了，讓雪當家……」他深深看了一眼寧子薰，說：「和玄公子久等了。」

「哪裡哪裡，馮副將太客氣了，奴家和玄隱置了杯水酒，想為昨天的事向將軍賠罪，不知道將軍什麼時候到？」雪當家殷勤道。

「不必客氣了，昨晚不過是醉後失態。」馮六斤旁邊的英俊男人不耐煩的開口道。

雪當家眨了眨眼，問：「您哪位啊？」

英俊男人瞪眼睛道：「我是秦猛！」

四周響起抽吸之聲，掉了一地眼球……沒了濃密大鬍子的秦將軍簡直帥到哭啊！那張輪廓分明的面孔、挺直的鼻子和剛毅的眼神……剽悍十足，讓這群小倌心中小鹿亂撞，更何況他還是手握重兵、最受皇上信任的禁軍統領。若能攀上這個高枝，還有誰敢欺負他們啊？

有些自認姿色不俗的小倌都跺腳暗悔，這麼好的一塊肥肉居然被呆鳥吃了！

不過「呆鳥」倒沒那麼吃驚，因為殭屍同學自帶「嗅覺靈敏」功能，早就聞出這個人是秦將軍了。當然，對於秦將軍的外貌她也沒花痴，畢竟大齊一第美男曾經屬於她……

人群中竊竊私語，有人說起秦將軍剃鬍子的原因……話說大鬍子秦將軍揮劍斷鬚，只為藍顏一怒。哎呀，真是羨煞旁人！

雪當家明明聽見，不樂意的咳了一聲，道：「你們都散了吧，秦將軍請入內拜茶！」

除了四館，還有一處專門為貴客準備的幽靜之所，雪當家就把玄隱的第一次梳櫳安排在了「襄龍閣」。

雪當家陪秦將軍飲了一杯酒，然後說了些場面話，就撤退了，反正皮鞭蠟燭器具什麼的都塞到被子下面了。

臨行前，雪當家狠狠瞪了一眼寧子薰，低聲說：「你要敢再搞砸了，就休想見著明天早上的太陽！」

梳洗時，小廝們都告訴寧子薰什麼是「梳櫳」了。論武力值，秦猛根本不是她對手，她害怕個什麼啊！

等雪當家走了，秦猛使了個眼色，馮六斤到門外去站崗了。

他這才紅著臉期期艾艾的說：「姑娘……」

寧子薰第一個反應不是捂胸，而是摸臉。

秦猛忙解釋道：「昨天秦某也不是故意的，妳趴在秦某身上，所以才……秦某想知道姑娘為何要女扮男裝在這風月之地？」

從牛耳胡同回來前，玄隱子編了一個「淒美」的故事教給她，讓她講給秦將軍好感動他，因為秦將軍能出入大內探聽小瑜的消息。

寧子薰把老道早替她準備好的辣椒水塗在手指上，用手指一揉眼睛，眼淚就嘩嘩流了下來，「因為……我的弟弟被太后帶進了宮中，我一個平民百姓根本沒辦法救他，只好女扮男裝在流風浣雪等待機會。將軍您就是我的貴人，求求您幫我找到我弟弟吧！」

秦猛愣了一下，他的眉峰漸漸聚攏，問道：「太后抓妳弟弟?妳是什麼人，太后為何要抓妳弟弟？」

「呃……」寧子薰眨了眨眼，只好按著玄隱子編的胡說：「其實太后看上去端莊雍容，其實久曠難耐，專門叫人收集京城中年輕俊美的少年偷偷抓進後宮，我弟弟長得花容月貌，就是被她手下看中抓走的。求求將軍一定要幫我找到弟弟，否則他肯定小命難保！」

秦將軍額頭垂下數條黑線。塞北民風樸實剽悍，他到了京城才知道有專門嫖男人的地方，雖然聽人傳說京城的貴婦們喜歡蓄養小白臉什麼的，可畢竟只是傳聞，他哪裡相信。

今天親耳聽到玄隱說太后還有這「愛好」，他差點石化……皇上有那樣的叔（暴力凶殘）又有這樣的娘（水性楊花），真是太不容易了！

他皺著眉頭，開口道：「本將軍答應妳，如果太后宮中真有此事，本將軍一定幫妳把弟弟救出來！不過……在這之前，妳得先答應幫本將軍一個忙。」

「什麼忙？」寧子薰側頭。

「我想見曲流觴！」他說。

寧子薰用看白痴的眼神看了他一眼，說：「他不就在流觴館?你去見不就得了！」

秦猛白了她一眼說：「曲流觴這人傲氣十足，第一次見面我得罪了他，結果他再也不肯見我。玄姑娘妳輕功了得，我想請妳幫我把曲流觴帶到這裡，畢竟……有些事，我不想讓別人知道。」

「你……不會傷害他吧？」寧子薰一臉狐疑的看著他。

「自然不會！」秦猛一臉尷尬的說：「若不是第一次被他誤會成登徒子，事情也不會變得如此複雜了。秦某只不過有事想跟他談談，無奈他說什麼也不願見我。」

寧子薰聽到此言，答應得倒挺乾脆：「那好吧，我去把他帶來。不過你也答應我了，要幫我找弟弟！」

說著，她伸出小手指來要跟他打勾勾。

秦猛愣了一下，看那雪白如玉的小指在眼前晃來晃去，不由得撇過臉去，耳邊卻漸漸泛起紅色來。

「你想賴皮嗎？」寧子薰剛學會的這個「人類約定」手式，急著使用。

秦猛伸出手一下勾住她的小指，眼睛卻不朝她看，說道：「本將軍絕不失言！」

心滿意足的殭屍同學咻的一聲從窗戶跳出去，消失在夜色中。

秦猛呆呆的看了看自己的手指，煩躁的走到桌前，抓起桌上的酒壺，卻發現裡面是空的……看來醉酒綁架事件讓雪當家有陰影了。

他甩了甩頭，走到床前剛一坐下……嗷~屁股下有什麼東西刺了他一下。掀開被子，他的臉綠了。錦褥上靜靜的躺著各種奇葩物品：有蠟燭、皮鞭、小繩子，還有鉗子、辣油、小鋼珠……

不到一盞茶工夫，只聽到窗櫺一響，玄隱像一片樹葉輕飄飄的落在地上。肩膀上扛著一個人，正是傲嬌紅牌曲流觴。

寧子薰輕輕的把曲流觴放下，因為綁他的時候怕他叫出聲來壞事，她就用手帕把他的嘴堵上了。

曲流觴聽說那位粗野的秦將軍終於找到了「意中人」，心中著實鬆了口氣。正鋪開紙捲準備譜一首新曲，因為燭光不亮，叫僮兒去拿剪子剪燭芯。

那僮兒剛一轉身，聽到身後筆墜落地的聲音，再回頭時，卻發現桌前空無一人……

曲流觴心中驚駭，可是卻叫不出聲來，只能任憑那人扛著他飛奔。好在沒有離開流風浣雪，他的心才稍安些。但一落了地，卻看到一個高大俊美的男人正拿著帶刺刺的黑粗玉勢望著他。

曲流觴再也高貴冷豔不起來，頓時嚇得淚奔了……人家的清白只屬於雲二公子啊啊啊～

「這是什麼武器？」寧子薰側頭好奇的問。

秦猛揮舞了兩下，疑惑的說：「本將軍也是第一次見到這麼短的狼牙棒……」

吁……曲流觴捂著胸口，突然有了種安心的感覺。這兩個白痴連玉勢都不知道，他的清白安全了！

秦將軍見到曲流觴，馬上變得肅立起來，連忙起身上前施禮，道：「流觴公子見諒，秦某是萬不得已才出此下策，實在是有事想告訴你。」

曲流觴當場石化了……他不相信眼前這個俊美的男人居然是那個粗魯的大鬍子？

「多謝玄公子，我想與流觴公子談些事情……」秦猛衝寧子薰拱了拱手。

寧子薰在淳安王府待了這麼久，知道人類之間的關係很複雜，有時候朋友可以變成敵人，有時候敵人也可以變成朋友。況且她不並想知道別人的事，她只關心淳安王現在怎麼樣。

把那身繁複的長袍脫掉，裡面穿的還是那身灰不拉嘰的舊衣，寧子薰覺得輕鬆了不少。

「你答應我的事別忘了，咱們可拉過勾的！」她衝那兩個人揮了揮手，輕輕一躍消失在窗外。

不知道秦將軍和曲流觴究竟談了什麼，寧子薰此時只想著要趁黑去淳安王府……

◎※※※◎※※※◎※※※◎

街路還是那條街路，可此時的心境卻有了幾分忐忑和怯然。為什麼一想到蒼舒，心就會好疼好疼？她也變得跟七王爺和雲初晴、月嫵一樣，會因為某個人而心傷，這大概就是人類情感的「後遺症」。

寧子薰看到那熟悉的高牆，心中都有了幾分雀躍，雖然當初每天都從那裡跳進跳出的。

可寧子薰剛要跳進去，只聽到有人高喊：「什麼人？」

颼颼幾枝冷箭就射了過來，接著就聽到狗叫人嚷，還有人燃起了火把，遠遠的，一隊巡邏兵朝這邊跑來……

不會吧？啥時候淳安王府變得這麼森嚴？寧子薰呆住了，她都沒注意自己背上被射中了一枝箭。

寧子薰當然不知道她「去世」的這幾個月淳安王昏迷，然後被太后軟禁。雖然靠著七王爺的藥強行甦醒把權力交還小皇帝，可他現在還在半昏半醒的。

皇上和馬公公都怕太后趁機派人暗殺淳安王，所以把最強的力量都集中到淳安王府。連周圍的耗子們都含淚搬家，表示什麼也偷不到，一進去就被狗咬……

眼見人越聚越多，連外面的守兵都朝這裡跑過來，寧子薰不捨的望了一眼那最熟悉的樓閣，咬牙跳下牆去，隱入鱗次櫛比的胡同中。

那些守衛追到民居處找不到人，也只能退回王府，然後向薛長貴稟報。

「身手矯捷的刺客……」薛大鬍子捋著鬍子沉默許久沒說話。

寧子薰一路跑回牛耳胡同，跳進小院還呼呼的喘著粗氣。一身大花裙的玄隱子老臉紅撲撲的，正盤腿坐在炕上叼著牙籤打飽嗝，炕上的小几擺著一壺燒刀子還有半隻燒雞。

「妳這是怎麼了？」他一見寧子薰後背還插著枝箭後，慌忙下炕，卻一腳踩到自己的大花裙，摔了個狗啃屎。

寧子薰翻了個白眼，真被這個老道打敗了！

她伸手扶起玄隱子，說：「沒事，我去夜探淳安王府了。」

玄隱子抬起臉，紅著鼻頭流出兩道血來，瞪眼道：「妳這個核桃腦仁的笨蛋！妳是殭屍，若被人捉到還想再死一次不成？」

寧子薰垂下頭沉默著，看不清表情。

微弱的燈光下，她那插著一枝箭簇的纖細身影顯得有幾分孤伶和落寞。

玄隱子用袖子一抹鼻血，遞過一塊木頭，寧子薰含在嘴裡咯吱咯吱的嚼著……他知道殭屍心情不好時比較喜歡啃東西。

玄隱子撕開她後背的衣服，拔出箭頭，一股黑血冒了出來。他從百寶包裡拿出個小玉瓶，倒出些黃色藥末擦在傷口，一會兒就止住血了。

玄隱子嘆了口氣，說：「妳……畢竟不是真正的人類，和淳安王在一起遲早會害了他！更何況宮廷也不適合妳生存，他知道了妳的身分，還能接納妳嗎？就算他能，但其他人呢？找到小瑜之後，妳就跟我們隱居山林吧。」

寧子薰縮成一團，小聲說：「我知道……蒼舒他不會原諒我。可是，我不想讓他死，我要救他。他不醒來，我是不會離開這裡的！」

玄隱子沉默片刻，說：「其實……我一直沒跟妳說實情。放心頭血是極危險的事情，若是弄不好，就算妳是個殭屍，也會沒命的。」

寧子薰握拳說道：「哪怕把我的心頭血都用盡了……也要救他！就算再死十次，我也不在乎！」

玄隱子皺眉，他沒想到一個有思想的殭屍也會跟人類一樣用情至深。可是這樣又如何？她與淳安王注定不能永世在一起的。

「唉，想救淳安王也不是沒有別的辦法，妳不必非得半夜跳牆啊！現在的妳換了張臉，又是『男的』，可以換個身分大搖大擺的走進淳安王府，只不過……抽心頭血是釜底抽薪的辦法，妳真的想好了？」

寧子薰捧著木塊像隻大號倉鼠，堅定的說：「我能挺得住！只要能救活他，做什麼我都願意！」

玄隱子明白自己再勸也沒有用，更何況這傢伙的力量恐怖，他也阻止不了。他只盼著在找到小瑜前，笨蛋殭屍別穿幫就燒高香了，於是問道：「秦將軍那邊妳是怎麼應付的？任務到底完成了沒有？」

寧子薰便把秦將軍的要求告訴了老道。

玄隱子沉思了片刻說：「那秦將軍是皇上的心腹，他想拉攏曲流觴必定是因為雲二公子在南虞邊境……不知南虞那邊到底發生了什麼事？算了，反正國家大事也不關咱們什麼事，只要他能幫忙找小瑜就好！」

寧子薰點頭表示完全贊同，玄隱子催促她回流風浣雪去解決後事。既然事情有了眉目就不要繼續在那種地方「打工」了，萬一被發現身分就慘了。

◎※※※◎※※※◎※※※◎

寧子薰趁夜又回到裏龍閣，她向來不走正門，自然也沒有人發現她「失蹤」了好半天。

秦將軍不知與曲流觴說了什麼，曲流觴眼睛紅紅的，見她回來就止住了交談。

「妳跑到哪裡去了，這麼半天？」秦將軍見她回來似乎鬆了口氣。

寧子薰對秦將軍道：「我回來是問問將軍，以後在哪裡能找到將軍？」

秦猛皺了下眉頭，說：「如果那件事有了眉目，我自然會來流風浣雪找妳的。」

寧子薰說：「今晚是我最後一天在流風浣雪『打工』，『阿娘』不喜歡我在這裡打工，以後都不會在這裡見面了。」

秦猛說不上是失落還是心裡放下一塊石頭，他有些急促的說：「皇宮附近的衢官門外有我的府邸，有急事可以去那裡找；若我在宮中當值，自然有人會把消息帶進去。那……妳住哪裡？若那件事有了消息我該如何通知妳？」

寧子薰側頭想了想，身分沒暴露的話，可以告訴他住址。於是她說道：「牛耳胡同，那個門頭掛了串葫蘆的就是。」

曲流觴畢竟在這個圈子混跡了多年，怎會看不出秦將軍的心思。他站起來說道：「夜深了，我該回去了。」

寧子薰覺得既然是她把曲流觴綁來的，理所當然也得送回去，便說：「我送你回去。」

曲流觴面色難看的說：「不必了，我走正門！」

秦猛也站起來說：「叫六斤送你吧。」

曲流觴這才點了點頭，於是秦猛喊來馮六斤送他離去。

房間裡一時靜悄悄的，秦猛侷促的搓手，腦門都憋出了汗也不知道說點啥。

這時，寧子薰突然開口：「我該回去了。」

「什……什麼？妳要走？」秦猛著急，卻想不出什麼理由留她，畢竟……一個女孩子是不應該在這種環境中生存的。

寧子薰點點頭，說：「我弟弟的事拜託秦將軍了，如果有消息記得通知我，告辭了！」她朝秦將軍抱拳行禮，然後頭也不回的飛出窗外。

「哎……」秦將軍大聲叫道：「妳不想吃點……宵夜嗎？」

可惜寧子薰根本沒聽到，早就消失得無影無蹤了。

心頭那一點點惆悵是怎麼回事？這種感覺可是他從未有過的。望著窗外那一輪明月，秦將軍深深嘆了口氣。

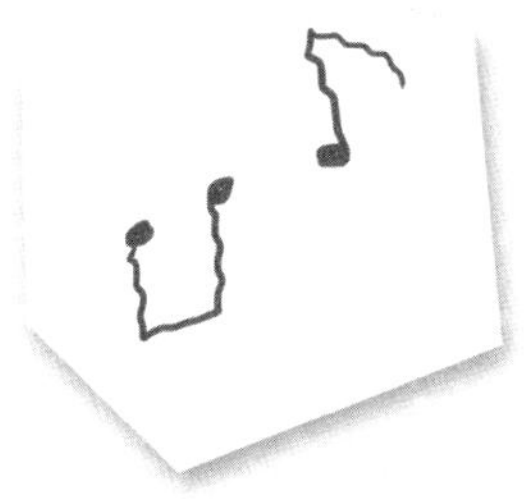

My Zombie Princess

第5章

兩個「寧子薰」

第二天，按著南風館的風俗，雪當家和眾小倌們都要來恭賀「新夫夫」，煮蓮子粥給他們喝，還要向新弟夫討紅包。

不過，因為雪當家著實不放心玄隱，所以派了人暗中盯著裏龍閣的動靜，結果卻得到回報說昨夜曲流觴從裏龍閣裡走出來了。當時雪當家就坐不住了，可沒有秦將軍召喚，他也不敢去問什麼情況。

直焦急的等到天亮，雪當家忙帶人來到裏龍館。一進屋看見床鋪一絲未亂，秦將軍正端坐在椅子上喝茶。

雪當家一看不見玄隱的影子，心中一沉，忙上前詢問：「玄隱呢？怎麼不好好伺候將軍，跑哪去了？」

秦將軍平靜的說：「他走了。」

「啊？怎麼說走就走？這還了得！」雪當家柳眉倒豎。

秦將軍看著他說：「他不過是個雜役，又沒簽賣身契，雪當家又何必認真。秦某此時倒有樁好生意想跟雪當家談！」

雪當家是風月場見過世面的人，一聽秦將軍的口風，馬上聯想到昨夜曲流觴在裏龍閣的出現。於是，他攏袖淡定的坐下，說：「談什麼生意啊？」

「談談曲流觴的身價。」秦將軍說。

雪當家當即端起架子說：「哎呀～秦將軍這是哪裡話，曲流觴可是流風浣雪的金字招牌，多少銀子都不能贖身的！」

雖然雪當家疑惑，那曲流觴死也不肯見秦將軍，為何將軍一梳櫳玄隱就馬上跑來見將軍了？可他表面一定要端著，不狠狠敲秦將軍一筆怎麼能輕易放人！

秦將軍挑了挑眉，從腰間的什物袋中緩緩拿出一物，放在雪當家面前。

那是一柄染了血的玉梳。可能是年代久遠，玉梳上的血跡都變成了紫黑色沁入玉中。

雪當家一見眼睛都直了，一把搶過玉梳仔細看著，好半天才顫聲問道：「快告訴我，您從哪裡得來的？」

秦將軍說：「那就要看雪當家捨不捨得用曲流觴交換了……」

原來雪當家年輕時也是出身書香門第的讀書人，只因長得嫵媚，被一個愛好龍陽的權貴看中，他抵死不從，那個權貴惱羞成怒便誣陷他盜竊自家的財物，弄得他傾家蕩產、妻離子散，他也差點死在獄中。

仇恨能讓一個人捨下尊嚴去做任何事，雪當家為了復仇而投靠了權貴的死敵，多年後他成功的扳倒了仇人，卻再也找不到妻女的蹤影。

這只玉梳是他送給妻子的定情信物，雖然事隔多年再見，他依然一眼就認出來了。這麼說，秦將軍從第一次出現在流風浣雪，就早已有了目標！

雪當家抬起頭，眼神已然平復了許多，開口道：「我願意與秦將軍交換！」

◎※※※◎※※※◎※※※◎

暮春的清晨空氣中帶著絲絲清甜的花香，淳安王府當值夜班的侍衛換了班準備回營休息。剛走出大門，他忽見路邊多了個擺攤子的，一個老婦帶著一個年輕的後生賣餛飩。

昨夜來了個「刺客」，他們尋查了一宿，此時都已餓得前胸貼後背了，一聞到這透鼻子香的餛飩自然都直流口水。

幾個侍衛湊上前問道：「這餛飩多少錢一碗？」

那年紀大的婦人抬頭笑得滿臉褶子道：「三文錢，三鮮豬肉蘑菇餡的！」

那一顆顆潔白的小餛飩在高湯鍋中翻滾著，勾得人食指大動。侍衛們紛紛掏銅錢買餛飩，坐在小攤前的長條板凳上吃了起來。

待人都漸漸散去，兩人收拾攤子悠悠的朝巷子深處走去。

寧子薰抱怨道：「像這樣什麼時候才能進得去淳安王府啊？」

玄隱子扶了扶頭花，妖嬈的說：「憑本道爺的草藥，用不了幾天就讓他們吃上癮！到時他們得求著本道爺進淳安王府！」

寧子薰倒覺得他進流風浣雪倒是挺適合的……

就這樣，寧子薰和玄隱子開始了在淳安王府側門外的小胡同擺攤賣餛飩的日子。

雖然不知道啥時才能進淳安王府，但可以肯定的是，玄隱子的腰包鼓了不少，順帶還吃胖了一圈，臉上的核桃紋被「撐」開了不少。

玄隱子的餛飩也成了街邊一景，每當淳安王府侍衛換班時，就有一大堆人圍在那裡等餛飩，如果去得晚了還撈不著。

淳安王府的人經常叨唸說餛飩好吃，管廚房的劉氏不幹了，關公面前耍大刀，這不是挑戰她的權威嗎？於是她叫小丫頭去買來一碗，卻只嚐了一口她就不言語了，因為她也嚐不出這裡用了什麼食材能這麼鮮。

劉氏到底還是忍不住，「化妝」之後親自跑到小餛飩攤去探風聲，寧子薰一眼就認出來了——因為「牛鞭」事件。

玄隱子聽了寧子薰咬耳朵傳的消息後，高調的扭著腰大聲說道：「喲～淳安王府的後廚總管都來嚐我們的餛飩了？」

他的話引來許多人側目，劉氏也不好意思裝路人甲了，乾笑著說：「聽許多人都說淳安王府門前胡同裡的餛飩天下一絕，所以我也來嚐嚐，但不知老姐姐妳這餛飩裡加了什麼，味道如此鮮美？」

玄隱子左右瞅瞅，湊上前低聲道：「既然老妹妹問了，我倒可以把秘方告訴妳。只不過有個條件……」

這年頭，沒有什麼是能白白得到的，劉氏心中有數，只看這交易吃不吃虧罷了！

她問：「老姐姐但講不妨。」

玄隱子見魚上了鉤，心中暗喜，故意唉聲嘆氣的說：「我年紀大了，只有這一個兒子，擺小攤也不是長久之計，如果能進淳安王府當差有月銀，以後也好娶一房媳婦不是？」

劉氏打量寧子薰半天，沉吟了許久才道：「王府後廚並不缺人，而且……你也知道皇家規矩大，若不是知根知底的家生子根本進不了後廚，怕的是危及皇子們性命。我是王爺年幼時就一直伺候的老人，分了府也一直跟著。後廚是進不了的，不過倒缺一個幹粗活提水劈柴的雜役……我看這孩子長得清秀，不知道能不能幹得了？」

玄隱子忙說：「雜役也行啊！不管怎樣也是正經差事，強似這擺小攤子的。」

玄隱子把自己的「靈芝菇配方」告訴劉氏，怕她不相信，還送了她一株曬乾的靈芝菇。

劉氏面露喜色，馬上說道：「老姐姐放心，我這就回去跟馬公公說。」

看著劉氏興沖沖的跑回王府，寧子薰有些心酸，心想：這麼容易就成功了？看來淳安王倒下後，這王府的保衛工作可真是不怎麼樣！

玄隱子給了她一個栗暴，說：「發什麼呆，還不回家準備準備！」

因為淳安王府的人都很熟悉寧子薰，玄隱子怕她露餡，囑咐了許多事情。

劉氏到了馬公公那裡卻不敢獨自私吞，只把靈芝菇送上去說了這件事。

馬公公也吃過餛飩，瞇著眼睛叫來王府常備御醫，這靈芝菇是醫書上有記載的，因為生長得少比較難尋，吃了對人身體有益無害，倒也值些銀子。

馬公公沒說什麼，告訴劉氏招了那個孩子進府，然後回頭告訴自己的徒弟派人盯著。

寧子薰終於又混進了淳安王府，殭屍同學此時的心境卻是說不出的複雜。

不過，身為雜役的她還進不得內宅，只能在後門和廚房區域活動，隔著碧瓦白牆望著淳安王居住的麟趾殿，她的心早就飛了過去……

「姜小石，把這袋鹽扛去！」

寧子薰反應了半天才想到是叫她，於是扛起兩大袋鹽往庫房走去。

都怪玄隱子，人家劉氏問她叫什麼，臭老道張口就說：「殭……姓姜叫小石頭。」然後，殭小屍就翻著白眼跟劉氏進了淳安王府。

後廚除了劉氏這種婦人，還有幾個打下手的小丫頭，她們平日也沒機會見外人，只有姜小石這個雜役經常出現在眼前，挑水劈柴扛東西幹些粗活。她們見他長得眉清目秀比較討喜，都喜歡拿吃不了的東西送給他。

當然，殭小屍根本不吃。她都用荷葉包好了從後門送出去給玄隱子吃。

不過數日，殭小屍就在廚房混熟了，進進出出也沒有人在意。

她觀察到每天劉氏都會用上等的珍貴食材為淳安王熬補湯，因為他時而清醒、時而昏迷，也吃不進什麼東西，只靠著七王爺的藥和這補湯續命。

這一日，她看到房內煮著補湯，只有蕎花一個丫頭看著火候，她知道機會來了。

「蕎花，快過端午節了，馬公公叫針線房替府裡下人們都做了新荷包，她們都去選樣子了，妳怎麼不去？」殭小屍怎麼也混到過王妃的級別，對王府裡的日常生活算是了解。

蕎花苦著臉一邊搧著湯煲，一邊說：「今天該我當值看著王爺的補湯，哪有時間去選啊！只怕等人家選完，都沒好花色了。我有件蔥心兒綠的夾襖白綾裙，正好配一個鵝黃色的荷包……姜小石，要不你替我去拿一個？」

寧子薰搖搖頭，說：「且不說我一個男的進不去內宅，就算進得去，跟一幫丫頭搶荷包算怎麼回事？」他一把搶過扇子說：「我替妳看著補湯，妳去選，快點回來別讓劉大娘看見就行！」

蕎花想了想，那鵝黃色的荷包還是占了上風，她說：「你好好看著，火別熄了，我馬上回來！」說著拎起裙襬就跑出了門外。

寧子薰一見她走了，忙從袖子裡拿出一個小紙包，把裡面的粉末都倒進煲內……這是她進來前玄隱子交給她的。

因為她剛到淳安王府，以馬公公那樣謹慎的人，一定會監視她，所以她不能輕舉妄動去見淳安王。這是玄隱子自己配的清屍毒的藥，給淳安王吃了雖然不能痊癒，但至少能抑制屍毒蔓延。

剛放好藥就聽到有人的腳步聲悄然接近，寧子薰不由得翻了個白眼，憑她殭屍的超強聽力和嗅覺，怎麼可能不知道有人在監視她？

那個白白瘦瘦沒有小雞雞叫「太監」的傢伙曾經在貓娘那次亂入過，加上人類味道每個都不一樣，她當然記得他。從她一進後廚，這小子就一直鬼鬼祟祟的偷偷跟著她，關鍵的是他的跟蹤一點都不專業，如果在末世，這樣的傢伙連當炮灰都沒資格！

寧子薰忍不住想教育教育這小子，所以她輕輕一縱身跳到了廚房的大梁上。

小太監探頭探腦的從廚房的窗戶往裡看，結果卻沒看到人，不由得驚詫。他揉了揉眼睛……剛才明明見姜小石進了廚房，還和小丫頭聊天有說有笑的，怎麼一眨眼就不見人了？

他躡手躡腳的進了廚房，雖然廚房東西多、比較凌亂，除了灶臺，蔬菜肉食都擺放在貨物架上，也並沒有什麼藏身之地啊，怎麼人就不見了呢？

他疑惑的撓了撓頭一轉身……嚇得大叫起來。

只見姜小石正站在他背後做鬼臉呢！

「啊——」他一屁股坐在地上，磕磕巴巴的說：「你……你你要幹什麼？」

寧子薰抱著肩膀說：「我才要問你幹什麼呢！你是哪裡來的，鬼鬼祟祟的跑到廚房幹什麼？」

小太監咳了一聲，站起來說：「我……我是馬公公派來的，看今天給王爺的補湯做怎麼樣了！」

「哦～」寧子薰點了點頭，說：「還得再燉半個時辰呢，你來得早了！」

小太監不吱聲，靠在牆角盯著她。

寧子薰側頭不解的問：「你怎麼還不走？」

小太監說：「我得看著你，這裡沒人誰知道你會不會往補藥裡放什麼東西！」

寧子薰忍住翻白眼的衝動：笨蛋！在你剛剛靠近偷看前早已經下過了！

「那你就看著吧！」寧子薰懶得理他，自顧自的坐在小板凳上玩花繩。

沒一會兒，蕎花就蹦蹦跳跳的拎著個鵝黃色的小荷包回來了，裡面不但裝著薰香，還有兩顆小金錁子，這是端午節賞的節錢。她拿著一枚小金錁子高興的說：「謝謝你啊姜小石，這枚金錁子送你！」一回頭卻看見一個眼生的小太監站在旁邊。

蕎花皺著眉說：「你是誰啊？怎麼跑廚房來了？」

「我叫小德子，是馬公公派來查看補湯的。」小太監說。

蕎花撇了撇嘴道：「騙人！馬公公從來都不會叫人來看補湯，因為補湯是專人專做，必須親自送去給御醫檢查，還要自己親嚐了才敢給王爺喝，你不知道規矩一定是冒牌貨！」

「妳……妳才是冒牌的呢！妳不好好照管王爺的補湯，跑去領什麼賞，萬一王爺的補湯被下了東西妳承擔得起嗎？」小德子扠著腰呵斥。

蕎花臉紅了，說：「姜小石在這裡又不是沒有人看，一會兒我送去，下了東西第一個毒死的也是我！」

「毒死妳是小事，王爺有事妳承擔得起嗎？」小德子一副得理不饒人的樣子。

寧子薰站起來擋在他們中間，說道：「我看管的，萬一有毒，我先嚐，行了吧！」

小德子咬脣不語，過了一會兒才道：「你以為你躲得開嗎？當然是你先嚐！」

補藥終於燉好了，小德子「押送」著寧子薰和蕎花一起朝麟趾殿走去。

寧子薰下意識的摸了摸臉，只有冰涼的觸感，而心裡卻是說不出的緊張和雀躍。

補湯送到淳安王面前時先要經御醫檢查，確定沒有問題，然後她和蕎花一人喝了小半碗，才可以送進去。

可惜寧子薰高興得太早了，以她現在雜役的身分根本見不到淳安王，隔著幾重門就被攔下了。因為淳安王不知道什麼時候才會清醒，所以補湯都是放在保溫的食盒中，等他醒來才會喝上幾口。

雖然寧子薰看不見，可她卻能想像到淳安王形容枯槁的樣子。

身為一個生活在末世的殭屍戰士，她從未想過會有人類的感情。孤寂、自由、永生才是殭屍生存的信念，可是蒼舒卻顛覆了她的世界觀——原來，人類最珍貴的寶藏不是智慧而是情感！

她的手撫在門上，閉上眼睛，可以聽到那微弱而堅定的心跳……

——我回來了，帶著對你的眷戀和愛。如果我的存在是種劫難，就讓我用生命來償還吧！

◎※※※◎※※※◎※※※◎

馬公公正坐在淳安王榻前的矮椅上看書，突然發現他的手伸了出來，囈語般叫著：「別走……別……」

馬公公急忙上前握住淳安王那枯瘦的手塞進被子裡，拿著手巾為其擦拭額頭上的薄汗。

淳安王的呼吸急促，彷彿用了很大的力量才睜開眼睛。似乎已分辨不清是在現實還是在夢中，好半天才說出一句：「我睡了多久？」

「回王爺，又一整天了。」他扶淳安王起身，靠在繡著金線纏枝梅的厚迎枕上，又叫人去端上補湯。

而淳安王依舊沉默不語，他還沉浸在那個夢中。在夢中見到寧子薰亦不是第一次了，可這次……卻如此真實，他幾乎能感覺到那雙熟悉的手輕拂著他的臉，可他卻無論如何都動彈不了。就像她死時，他只能眼睜睜看著她倒在面前！

雲隱子……若抓到那個老道，他一定要把他碎屍萬段！

淳安王咬牙，一拳重重的捶在床沿上。

「抓緊查那個雲隱子的下落！一定不能讓他逃出大齊！」淳安王眼睛血紅的說。

自從太后被軟禁，那個雲隱子就神秘的消失了。任憑他們如何尋找都找不到，這個人就像水霧一般消失在空氣中了。

此時淳安王的身體最重要，馬公公也只得答應著：「正派人馬努力查找呢，相信很快就有消息了。」

淳安王點了點頭，倚在靠枕上不說話了。

馬公公餵了他些補湯，他就搖搖頭不喝了，然後叫馬公公把最近皇上處理的奏摺摘要拿來給他看，因為不知什麼時候他又會暈過去不醒人事了。

小皇帝元皓每天拚命打理政事，與朝臣旦夕長談，弄得各部大臣睡眠不足哭爹喊娘的。

看著那些處理得條理分明的摺子，淳安王心想，這樣就算他死了也能安心吧……

不知不覺，看得殘燭成淚，外面漸漸顯出青光來，而馬公公因連日勞累早已伏在桌案上睡著了。

淳安王捂著傷口起身，把自己身邊的披衣輕輕蓋在他身上，也不由得驚訝今天怎麼能堅持這麼久不昏過去。

馬公公睡得迷糊抬起頭，竟然看到淳安王替他披衣，不由得也吃了一驚：「王爺，你怎麼起來了！小心又崩裂了傷口！」

殭屍咬的傷口根本不癒合，每日只能拿糯米拔毒，再加上服用藥物才能控制，他當然害怕淳安王一用力再把傷口撕裂開。

「不礙事。」淳安王只覺得傷口似乎沒有往日那般巨疼。

馬公公還是怕淳安王勞累著，忙扶他又躺了回去。

這時，薛長貴從外面跌跌撞撞跑進來，扯著嗓門喊道：「不好了馬公公！那個雲隱子到了王府門大口……」

馬公公拉長一張臉喝道：「忒沒規矩！王爺還病著，你大呼小叫的幹嘛！」

薛長貴見淳安王蒼白著一張臉也正看著他，頓時撲通一下跪倒，「王爺您醒了？那個死牛鼻子害屬下費了多少心力也抓不到，現在居然大搖大擺的走到王府門前來了！屬下一直盼著能抓到死牛鼻子替王妃報仇，所以一時激動才會失態，請王爺責罰！」

淳安王低垂著眸子冷冷的說：「他不是傻子，既然敢單槍匹馬闖進來，必然有所倚仗……

本王要親自會會他！」
馬公公沒有阻止，他默默扶起淳安王，為他加了件厚披風。
雲隱子被薛長貴推推搡搡的帶進淳安王府一間暗室，還被他狠狠踹了一腳，但雲隱子的表情卻沒有絲毫懼怕的樣子。
暗室中只有微弱的燭光，雲隱子看到淳安王裹著一襲黑袍端坐在椅子上，血眸迸射出如刀鋒般犀利的目光，似乎要把他凌遲似的。
雲隱子撲通一下跪倒在地，頭磕在地上砰砰作響，「貧道有罪！貧道明白王爺此時一定想把貧道千刀萬剮！可是還請王爺聽貧道說幾句……」
淳安王冷冷的睨視他道：「本王能坐在這裡，當然是想聽你說，否則，你覺得你現在還能開口嗎？」
就算身中屍毒奄奄一息，淳安王一開口依然讓雲隱子冷汗流了下來。他低頭伏地道：「多謝王爺恩典！貧道還敢見王爺的唯一理由就是……王妃她沒死！」
「什麼？！」淳安王激動的猛然起身，卻疼得捂住了胸口。

雲隱子偷眼看他疼痛的表情，知道這屍毒根本沒有治癒，只不過是淳安王在強撐罷了！

他低下頭恭順的說：「貧道的所作所為都是被太后威逼的，但有一點……王妃她的確不是人類。貧道雖然用火符燒死了王妃，但下葬的卻是假的。王妃並不是一般的殭屍，普通的火焰對她的傷害很小，而且靈仙派有不傳之密法可以讓王妃復甦。在王妃恢復前，貧道哪敢見王爺，這些日子貧道一直躲在山洞中用密藥幫王妃恢復，貧道自知罪不可恕，只求王爺看在王妃並沒真死的分上饒貧道一命！」

「她在哪裡！」淳安王捂著傷口咬牙問道。

雲隱子一副怕死的樣子，說：「那……王爺答應饒貧道一命了？」

淳安王殭硬的點了點頭，「只要寧王妃能平安回來，本王承諾不殺你！」

「王妃被貧道帶來了，現就在王府前街的茶館等待。」雲隱子看著淳安王那張冰塊臉，不安的說：「不過……因為符火燒灼，王妃的記憶和行動都有所退化……」

淳安王面色一凜，瞇著眼睛道：「還不快去把她帶來！」

「是、是……」雲隱子連忙爬起來。

薛長貴和侍衛們押著他朝外面走去，淳安王皺眉頭靠在椅背上。

不多時，一個頭戴帷帽長紗的女子緩緩走進房間，淳安王強撐著起身，一步一步走向她。他顫抖著雙手抓住長紗猛地一扯……

「子薰……」那張魂牽夢縈的面孔出現在眼前，他死死抓住那雙冰冷的手，彷彿怕她會像夢中化為輕煙消逝不見。

無論她是什麼，都已牢牢占據了他心中最柔軟的角落。母妃說得對，感情就是一把利劍，愛上一個人就等於把刀柄付與她。他一直把自己的心冰封起來，永遠不讓自己受到傷害，可是當他真正愛上了寧子薰才明白……原來，就算她用利劍穿透他的身體，他也依然想抓著劍柄刺入得更深，好讓他能夠緊緊的擁抱她！

當他看到完整的寧子薰站在面前時，心中繃緊的弦一下斷掉了，再也支撐不住，眼前一黑暈了過去。

「寧子薰」側頭疑惑的看著，沒有說話也不動。

馬公公和薛長貴連忙上前扶住。馬公公皺眉望著雲隱子道：「王妃怎麼了？難道連王爺都認不得了嗎？」

雲隱子一臉忐忑不安的樣子，低聲說：「因為被符火所傷，王妃的記憶力現在還未恢復……」

馬公公實在不願意搭理他，叫貼身的小太監把王爺抬回臥房。他衝薛長貴使了個眼色，道：「你去安頓一下雲道長。」

雲隱子倒也心中明白，說：「貧道如今也不敢離開王府，若讓太后知道，我這命也保不住，以後依附王爺，鞍前馬後不敢背叛！」

把屋裡人都支開，馬公公上下打量著「寧子薰」，她也好奇的盯著馬公公。

「寧王妃什麼都不記得了嗎？」他開口問道。

寧子薰側頭，迷茫的看著他搖了搖頭。

馬公公不死心又問：「寧王妃想吃什麼東西？老奴拿來給您。」

寧子薰指著他袖子鼓起的一團說：「這是什麼？」

馬公公低頭拿出一個魔術方塊，遞給寧子薰說：「王妃不記得了嗎？這個魔術方塊還是您給老奴的呢。」

寧子薰拿起魔術方塊露出大大的笑容說：「我要玩這個！」

馬公公看著玩得起勁的寧子薰，不由得皺緊了眉頭。

◎※※※◎※※※◎※※※◎

王妃「復活」這種事用不了一盞茶的工夫就傳遍了全府，聽到這個消息時，殭小屍正坐在廊下幫蕎花扒蒜瓣呢。

——我不就在這坐著嗎？怎麼又蹦出一個「我」來呢！

殭小屍頓時就不淡定了，站起來道：「他們胡說，寧王妃不是死了嗎！」

小德子跑岔了氣的捂著腰說：「騙你是小狗！我親眼看見的！」

順便說一句，自從小德子身分暴露後，他就改暗中監視為明目張膽整天泡在後廚。時間一長，他跟蕎花和姜小石混熟了，也聊些王府八卦事。當然，蕎花依舊不待見他，沒事就以損他為樂。

「你不就是小狗嗎？」蕎花樂了，「聞著味都知道今天廚房做什麼。」

小德子急了：「你們怎麼不信我呀！是真的～是那個什麼靈仙派的掌門雲隱子把王妃帶回來的。」

寧子薰呆住了，心中一驚，那個死老道怎麼也跑來湊熱鬧了？她忙問道：「那你親眼看到那個寧王妃了嗎？」

「呃……」小德子撓了撓頭說：「那倒沒有。不過這事絕對是真的，因為馬公公已經吩咐人打掃斑淚館了。」

寧子薰聽後，打定主意要夜探斑淚館！

經過這一段時間的觀察——主要是經常替侍衛們送飯——寧子薰摸透了侍衛們換班和巡邏的路線，還有暗衛負責的幾個崗哨。

終於到了半夜，寧子薰穿上黑衣，從僕人住的後罩房潛出，輕輕一縱跳上了房，在房檐上飛馳。很快就看到那一片熟悉的竹林，微風颯颯捲起綠浪，那些美好的回憶就像潮水般湧上心間……寧子薰抑制住情緒悄然接近斑淚館。

她凝神傾聽，確定周圍沒有人看守，輕輕一躍跳進院中。看見窗中透出微微燭光，她躡手躡腳靠了上去。

還好現在是暮春，斑淚館換上了軟蘿紗窗，透過紗窗可以看到裡面。

馬公公正跟一個女子說著什麼，寧子薰瞇著眼睛使勁張望。女子微微轉頭，那張臉嚇得她差點尖叫出來。

小太監沒騙她，還……真的是另一個「寧子薰」！

寧子薰只覺腳下一軟，有什麼東西蹭過她的腿。她低頭一看，居然是肉滾滾的阿喵！她看得太認真，都沒發現喵爺什麼時候跑到自己腳下。

就算寧子薰易容，可阿喵依然準確的認出了她，用那毛滾滾的胖身子使勁蹭她的腿，各種賣萌。

雖然寧子薰也很想念阿喵，可是現在真的不是歡聚的時刻呀～～

果然，牠的叫聲引起了屋內人的注意，寧子薰忙一下跳上房，阿喵肉多竄不上去很是著急，卻被開門的馬公公抱住肉團子。

「原來是阿喵啊，你也來看王妃了？」馬公公難得笑咪咪的對阿喵說。

「喵～～～\\(≧▽≦)/」

阿喵想去追寧子薰，可掙扎了半天未果，被馬公公抱進了房間。

寧子薰趴在房上撬起一片鬆動的瓦，藉著微光朝裡面看。

馬公公把胖貓送到「山寨貨」面前放下，阿喵看了一眼假寧子薰，疑惑的翹起鬍鬚，小心翼翼伸出鼻子嗅了嗅，頓時炸毛，弓腰撲上去差點抓到假寧子薰的臉！結果卻因為太胖，還沒躍起來就被馬公公按住了……

馬公公含笑對假寧子薰說：「對不起王妃，這貓今天不知犯什麼病了，老奴先把牠帶走，您好好休息，明日等王爺甦醒，老奴再帶您去見。」

山寨貨淡定的點了點頭，馬公公抱著胖貓告退。

這情景氣得房上的寧子薰直翻白眼：淳安王和馬公公這兩個大笨蛋！連阿喵都認出她是假的好不好！

雲隱子這個臭老道弄進個山寨貨來定是沒安好心，一定要對淳安王不利！不行，她得跟玄隱子商量一下該怎麼辦！

不過鑑於王府對周邊的控制十分嚴密，寧子薰不敢再半夜跳牆，只好溜回房間等天亮。

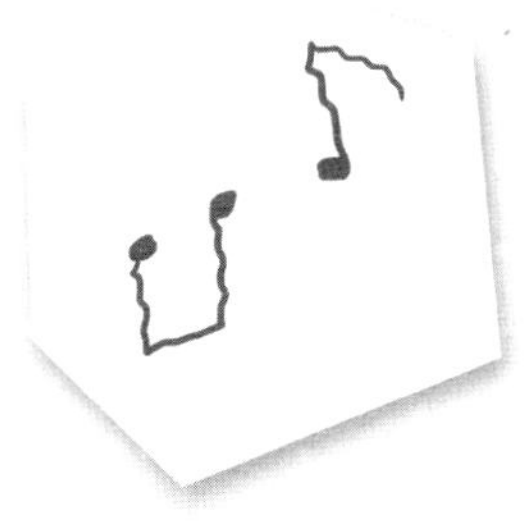

第6章

小殭會醫術，瘟疫擋不住

好不容易忍到第二天，寧子薰向劉氏告了個假就跑回牛耳胡同。

她亂七八糟的解釋了一通玄隱子才聽明白，不過他也是心中一驚。他師兄素來有野心，自從繼承了師父衣缽、當了靈仙派掌門後，師兄的行蹤就更加詭秘了。一定是師兄用讖緯之術窺天機知道了什麼，否則怎麼會如此積極的參與到政治鬥爭當中？

「妳現在還不可暴露身分！尤其是還未弄清我師兄的目的之前。」玄隱子皺著眉頭面色嚴肅的說。

寧子薰著急道：「萬一那個山寨貨害淳安王怎麼辦？」

玄隱子遞給她一根長針，說：「那就提前抽心頭血解屍毒吧！」

本來玄隱子是想用藥先把淳安王的屍毒控制住，然後再緩緩的用殭屍的心頭血讓他恢復。可是現在沒有時間，也只能讓寧子薰冒險抽血了。

寧子薰接過鋼針點了點頭。

玄隱子不放心，囑咐道：「抽心頭血極危險，千萬要小心，過量妳也會死啊！」

送走寧子薰之後，玄隱子心情正不爽，只見一個高大的漢子堵在他家門口。他沒好氣的說：「你哪位啊，擋在人家門口幹嘛？」

對方一轉身，壯碩的身材和一身官衣頓時讓玄隱子縮了半截。

「我……我找玄隱……」

那個人一開口卻十分羞澀，與他那武威的外表十分不符。玄隱子剛想說「找本道爺何事」，突然想到寧子薰曾冒過他的名……眼前這個男人的身分已然呼之欲出了！

玄隱子心中激動：小瑜的事情終於有消息了！

「你是秦將軍？」他問。

秦猛一副「怎麼突然遇到未來的丈母娘，人家還沒心理準備」的表情，羞羞答答的施禮道：「在下秦猛，請問您是玄隱的娘親吧？」

娘個頭啊，老娘……咳，老子才是玄隱！玄隱子用小手帕捂著嘴腹誹。不過他表面上還得裝著平靜的樣子，捏著嗓子道：「是啊，這孩子冒失闖禍得罪了將軍，將軍不但不介懷，還幫我們這麼大的忙，真是讓老……身不知如何感激。但不知我兒在宮中可有消息？」

秦猛臉色變成了大紅布，結結巴巴的說：「玄夫人，實在對不起。這半個月在下用盡各種方法也沒找到玄姑娘的弟弟，或者是您和玄姑娘得到的消息有誤，他不在宮中？」

玄隱子一聽此言，心中不由得失望的說：「老身知道將軍盡心了，可我兒的確是被太后抓去的。也許……他已經死了！」

秦猛低下頭，說：「玄夫人不必傷心，沒找到就還有希望！秦某答應玄姑娘的事絕對不失言。在下會一直找下去，只過發生了一件急事……南虞皇上駕崩，南虞的端惠公主要回國奔喪。皇上派在下護送公主到邊境，所以尋人的事要暫時擱淺了……實在是對不起。」

玄隱子皺眉：這可真是屋漏偏逢連夜雨！太后的寢宮可不是說去就去的地方，憑他和呆殭屍的本事進去容易出來難，再說淳安王府又出了這種事，何時救出小瑜……

「玄夫人……不知玄姑娘何時能回來，在下想當面向她致歉。」秦猛面色很差。

玄隱子哪裡注意到秦將軍是三九的蘿蔔──動了心。他只皺眉想著如何解救徒弟，於是淡淡的說：「只怕今天回不來了，等她回來老身會告訴她的，老身就不送將軍了！」說完轉身進院。

秦將軍張了張嘴，終究沒說出半個字，只是惆悵的站在外面等了許久，直到城樓角上響起了暮鼓之聲，他知道自己必須歸營了。

◎※※※◎※※※◎※※※◎

寧子薰這一天也魂不守舍，連蕎花都看不過去，提著她耳朵說：「今天你怎麼丟魂了？王爺今天醒得早，我得進去送補湯，你小心點別再挨劉大娘罵。」說完，蕎花就端著補湯進了內宅。

寧子薰進不去，可她特別想知道淳安王的消息，坐立不安的等蕎花回來，忙詢問情況。

蕎花雙手緊緊握在一起，一臉花痴的說：「王爺對王妃真是太好了！稍稍能起身就陪王妃坐在賞花亭裡看春景。兩個人緊緊挨在一起，真是一對神仙眷侶。沒想到王爺對王妃如此深情……願得一人心，白首不相離。唉，真是羨煞旁人！」

——拜託妳不要這麼文藝好不好！

寧子薰聽得直想翻白眼，而且聽說淳安王還摟著那個山寨貨卿卿我我，她心裡更酸了。

——該死的淳安王，連假貨都看不出來！還抱著她……抱著她……抱著她……

殭小屍進入了複讀機模式。

「喂喂~你再砍這砧板就碎了好嗎？」蕎花適時制止了姜小石破壞王府公物的行為，問道：「你幹嘛這麼激動？難道你也暗戀王妃？」

「噗——」寧子薰噴了，她才不自戀呢！不過她終於發現問題重點，問道：「難道還有其他人暗戀王妃不成？」

蕎花左右看看，小聲說：「聽說以前王妃有個貼身侍女就暗戀王妃，想跟王妃『磨鏡』，不過被王爺發現了，人就消失了，現在都不知道是不是活著……」

「磨鏡是什麼東西？」寧子薰呆呆的問。

蕎花紅了臉，小聲說：「就是女子和女子相戀。」

都什麼亂七八糟的！人類就喜歡編八卦，以「鵝」傳「鵝」～有本事傳隻鴨子試試！

寧子薰好不容易挨到了晚上，換上夜行衣，深深吸了口氣後跳出窗外。

她像隻貓匍匐在殿頂的琉璃瓦上，烏雲半遮明月、高大繁茂的樹木都是最好的掩護。過了三更，她靜靜等候，那隊不停巡邏的侍衛繞到大殿正門方向。然後她輕輕落地，用指甲輕輕撥開窗門……

只見一個值夜的小太監靠著門檻打盹，她像隻貓般跳進去，一閃進了內室。

雖然室內漆黑一片，卻不妨礙殭屍的夜視眼，她一步步走近床邊，心跳如鼓……輕輕掀開杏黃綾子床帳，看到那個她想念了千百次卻不敢面對的人。

他的眉頭輕蹙，在睡夢中還一副心事重重的樣子。她不喜歡看他皺眉，她很想像每次那樣伸手把他的愁緒撫平……手伸到半空卻遲遲不敢落下，怕驚醒睡夢中他。

寧子薰從袖囊中拿出一個小紙包，把紙中的粉末輕輕吹到他鼻中，不一時，他就睡得更加深沉了。她掀開他脖子上纏著的布，看到那怵目驚心的傷口，心就像撕裂一樣……玄隱子說得對，殭屍和人類不能在一起，她早晚會害死他！

只要他能活下來……只要他能活下來，就算讓她死去也沒有關係！

寧子薰的手留戀的撫摸著他的面孔，緩緩俯下身在他的唇上留下冰冷的吻……

「蒼舒，要活下去！」她輕輕的說。

她咬牙解開衣襟，用玄隱子給的那針形利刃猛地刺入胸膛。那針形利刃柄處有個機關，按住了就能把血吸到針形劍身中。

就算是殭屍疼感遲鈍，可從心臟上直接抽血也差點讓她疼暈過去……看著紫色濃稠的血緩緩的抽出，她強忍著疼拔出針，緩了好半天才把針刺入淳安王脖子的傷口。

寧子薰只覺眼前一陣陣發黑，好不容易把他脖子上的布弄好，咬牙跳窗……

內室傳來一聲輕微的響動，正值夜的小太監從睡夢中驚醒，嚇了一跳，連忙舉著蠟燭跑進內室。他看到王爺還在床上安靜的睡覺，心才放下，然後舉著蠟燭四處查看，突然發現窗戶門居然開了。

小太監嚇得臉煞白，忙跑過去推開窗戶，外面除了清冷的月光照在臺階上，其他什麼也沒有。他雖然心中疑惑卻也不敢聲張，萬一被馬公公知道他失職，那小命還在嗎？

第二天清早，蕎花打著哈欠端著臉盆去打水，突然腳下一絆差點摔倒，她剛想罵人，低頭一看居然是個人躺在地上。她嚇得花容失色，仔細一看卻是姜小石。

蕎花忙扶起他，顫抖著把手伸到他鼻下試了試……還好，有呼吸，只是身子涼得像冰塊一般。她忙叫來其他人扶姜小石進屋，掐其人中，灌了一大碗熱薑湯又用酒搓手搓腳，好半天才甦醒。

「姜小石，你是不是得了什麼病？要不讓劉大娘請大夫給你瞧瞧？」蕎花擔心的說。

「我……沒事，就是有點頭暈。」寧子薰說。

這時管後廚的劉氏也進了屋，一見姜小石臉色白得像紙似的，搖了搖頭說：「這哪成？

還得趕緊找大夫瞧瞧！」

寧子薰怕露了馬腳忙說：「真的不用了，我頭暈也是老毛病了，休息幾天就好。劉大娘妳可別趕我出去，我還得賺錢養家呢。」

劉氏刀子嘴豆腐心，她知道窮人看不起病，都是這樣小病挺大病扛的。再說，若是生了病就得挪出王府，那月銀也就斷了。於是她嘆了口氣，說：「那你先好好養著幾天吧，別幹重活了。不過萬一還不好，就得請大夫來診病了。」

「謝謝劉大娘。」姜小石蒼白著一張小臉說。

劉氏回頭叫蕎花蒸碗雞蛋羹給他，讓她好好照顧姜小石，這才出去。

◎※※※◎※※※◎※※※◎

玄隱子煩躁的走到街上打酒，卻看到街路被兵士們攔住了，向看熱鬧的人打聽才知道，原來是送南虞公主回去奔喪的車隊經過。

有人悄悄議論，說皇上與南虞公主的婚事久久不議，看來已然是沒希望了，所以南虞公主才藉著這次奔喪回去，估計以後不會再來了……

不一時，長長的車隊從遠處而來，旌旗飄揚，隊伍整齊。公主的車駕旁就是負責護送的秦猛將軍，他騎在高大的青鬃馬上十分醒目。

玄隱子默默的注視著車隊緩緩朝城門方向而去。突然，他看到隊伍中有個熟悉的身影。小瑜？！他瞪大了眼睛，焦急的在人潮中朝那身影的方向擠去。

「小瑜！」玄隱子不禁急得大叫。

可街上人太多了，聲音嘈雜，根本聽不到。玄隱子拚命分開人群向小瑜伸出手……

他沒注意到，身後有人在他的脖頸上狠狠的重擊了一下。他眼前一黑，暈了過去。

◎※※※◎※※※◎※※※◎

「王爺，再不喝，補湯就涼了。」馬公公看著發呆的淳安王提醒道。

淳安王撫著脖子上的紗布沉思不語。許久，他突然開口道：「把昨晚值夜的人叫來。」

馬公公皺了皺眉，叫人去喚當值的太監小武。

淳安王看了一眼小武，開口道：「昨夜你可發現有什麼異常？」

小武嚇得臉都白了，把頭伏在地上磕得砰砰作響，「回……回王爺，昨晚小的一時疏忽睡著了，聽到一聲響動就馬上跑進來，小的罪該萬死，求王爺饒恕小的！」

馬公公也一驚，忙問道：「王爺，昨晚可曾發生什麼事了？」

淳安王瞇著眼睛，道：「昨晚……做了一個不錯的夢！讓這小子今晚繼續值。」

「……」馬公公一臉無語。

「是，王爺。」小武直流瀑布汗。他打算回頭就找兩根草棍把眼皮支上……

這時，外面有人稟報，說王妃駕到。淳安王怔了一下，說：「請王妃進來。」

不一時，穿著素雅的「寧子薰」款款走了進來。淳安王看到她手中還拿著一個小盒子，好奇問道：「這是什麼？」

「寧子薰」說：「解毒藥。」

淳安五握住她那雙冰冷的小手，問：「哪裡來的解毒藥？」

「是雲隱子道長給的，他說可以解王爺的毒，如果王爺不相信，可以先讓人試試。」

她呆呆的望著淳安王，那熟悉的面孔令淳安王心裡一窒。

淳安王垂下眼簾說：「昨晚睡得可好？」

「寧子薰」點了點頭，淳安王挑眉望向馬公公。馬公公默默頷首，表示斑淚館的暗衛監視工作一切正常。

淳安王接過她手中的藥盒，微笑道：「那就多謝雲隱子道長了，本王一定好好服藥，把病治好！」

「哎～聽說那個雲道長還挺厲害的，王爺服了他的藥，身體好多了。今天居然和王妃散步遊了大半個園子！」小德子一邊剝花生，一邊假公濟私的往嘴裡塞。

蕎花一把搶過花生，敲了他的頭一下，說：「應該是王妃回來讓王爺心情大好，病才會好得快！」

「咚！」寧子薰把搗蒜罐搗碎了……她失血過多差點掛了，怎麼這功勞就變成了那個冒牌貨和無恥老道的了？而且那個老道讓他吃藥一定沒安好心！不行，她得讓蒼舒快點好起來。他的屍毒若是解了，臭老道就沒理由讓他吃藥了！

蕎花忙搶過搗蒜錘，說：「哎呀～你去好好休息吧，淨幫倒忙！」接著，她瞪了一眼小德子，「還有你，除了偷吃還會幹什麼？都出去！」蕎花把他們都推了出去。

寧子薰呆呆的坐在臺階上，憑小德子怎麼逗她都不說話。小德子覺得無趣，只好跑到外面採了一把狗尾巴草編小兔子玩。

半夜，寧子薰又來到麟趾殿。只不過這次她的動作不再像往日那般輕盈，有好幾次差點從房上掉下來。

殭屍的聽覺十分靈敏，尤其是夜深人靜之時。人類睡覺時呼吸是綿長均勻的，而這回屋裡的人顯然很有精神，還來回走動。寧子薰沒辦法了，趁巡邏隊走遠便跳下來，從懷中掏出裝好藥末的蘆葦桿，輕輕插入窗格中一吹……聽到撲通一聲，她才放心的打開窗門跳進去。

房間內一股淡淡的迷香，她吹滅蠟燭，躡手躡腳的接近淳安王的床。掀開床帳，她迫不及待的查看傷口……玄隱子說得沒錯，果然她的血是治屍毒的最好藥物，此時傷口已然不再潰爛，顏色也由黑紫變得鮮紅。

寧子薰撫摸著淳安王那冒出鬍子渣的下巴，恨恨的捏了他的臉一下，才嘆了口氣：「你不是聰明的人類嗎？怎麼看不出身邊的『寧子薰』是假的呢！笨蛋，大笨蛋！」

「你是誰？」黑暗中，淳安王突然睜開眼睛，抓住寧子薰的雙手。

寧子薰可不想讓淳安王認出她來，急迫之間她就用腦門撞他的額頭，淳安王一下就被撞暈過去了，她忙拿出針來抽血……

第二天，淳安王叫人請雲隱子到麟趾殿，賞賜他許多金銀，說服用了他的藥，身體變得好多了。

寧王妃主動提出要到麟趾殿照顧淳安王，淳安王沒有反對。是夜，寧王妃打發了小太監，親自照顧淳安王。她走到燈檯前剪燈花，手輕輕一抖，一股細細的粉末落入燈油中。不一時，一股細微的異味散發開來。

淳安王睡得很熟，「寧子薰」走到他床頭，挽起袖子露出手腕上的金鈴。隨著金鈴有節奏的響動，她口中還喃喃有詞的叨唸著什麼，然後在淳安王面前打個響指，唸道：「起！」

淳安王便不由自主的起身坐了起來。

「你是何人？」此時「寧子薰」表情已完全變成了另一個人，眼中迸射著詭異的凶光。

「朱璃蒼舒。」淳安王像被控制的人偶，應聲而答，絲毫不反抗。

「兵符在何處？」她不停的在他眼前晃動著金鈴。

淳安王頓了一下，似乎掙扎了許多，開口道：「在多寶格後面牆上的暗室中。」

她在他耳邊媚誘的說：「你幫我取來……」

淳安王機械性的站起身，向多寶格走去，按開了機關取出一個小小的玉璽匣子。

假寧子薰一把奪過來，打了個響指，道：「現在，回到床上繼續睡覺……什麼事都沒發生過。」

淳安王轉身上床，閉上眼睛沉沉入睡。

假寧子薰冷笑一聲，轉身出了房間，朝花園方向奔去。

她打開後角門，雲隱子早就在那裡等候了。

「怎麼樣，還不相信我？我的蠱術絕對可以幫你拿到兵符！」她笑得媚眼如絲。

雲隱子一副恭維的表情道：「蠱姬出馬，貧道有何不放心？」

「答應我的條件你也別忘記了！」蠱姬哼了一聲。

雲隱子說：「當然，三苗只能有一個萬蠱之王，貧道一定會幫妳殺了蠱母，坐上這個位子！後門的侍衛已被我買通，咱們還是先把兵符送出再談此事吧。」

兩人剛走到後門，突然四周燈火通明、亮如白晝……只見一襲黑衣的淳安王面色凜然的出現在他們面前，那雙紅若霞霓的眸子在黑夜中閃著嗜血的光芒。

「鬧劇該落幕了！雲道長，告訴本王靈仙派的讖緯預言，本王可以讓你死得痛快些！」他的聲音冷如冰霜。

雲隱子駭然的看了一眼蠱姬……難道淳安王並沒有吃她下的蠱嗎？

蠱姬也是萬分驚訝，喃喃失語：「不可能，我親眼看見他吃下藥的啊！」

淳安王挑了挑眉，說：「蠱母是皇上的師父，你們覺得本王會中這種雕蟲小技嗎？蠱姬，妳永遠也不可超越妳姐姐成為三苗之王！」

蠱姬惱羞成怒，猛地從袖中噴出黑煙！許多侍衛沒有防備，臉上頓時起了水泡、雙手捂著眼睛大叫起來。

淳安王面色一凜，喝道：「還不把他們拿下！」

從暗處衝出幾個身形詭異的人，幾道閃電般的銀光射出，那繫著銀絲的針就把蠱姬身體穿透了。她的假臉早已支離破碎，可無論如何拚命掙扎卻也動不了，就像一隻被蛛網禁錮的小飛蛾。

雲隱子咬牙，剛要從袖中掏出什麼東西，卻被飛來的一把劍砍中胳膊！他慘叫一聲，捂著胳膊，血流如注。

薛長貴面色猙獰的上前捆住雲隱子，對淳安王說：「屬下會把他交給『刑師』，保證讓他後悔出生在這個世界！」

刑師是專門用來拷問罪犯的，可以用一切常人想像不到的變態方法讓人求生不得、求死不能。

「問出讖語，其他隨你。」

淳安王只留下這句話便轉身而去，一襲黑色大氅像羽翼攏住夜色。

回到麟趾殿，對著鏡子看額頭上那塊明顯的瘀青，淳安王喃喃道：「她還活著……她沒有死！」

拳頭狠狠捶在鏡子上，碎裂的鏡子和著鮮血讓人影變得支離破碎，可這也抵不過心中疼痛的萬分之一！

隔天一早，府中傳話，說要把最近新來的人都叫進內宅，王爺要親自驗看。

劉氏心中驚駭，一想到姜小石還昏迷著，該怎麼對王爺交代？

她心驚膽顫的進了姜小石的房間，結果看到小德子趴在床邊睡著了，而床上……卻空無一人！這……這是怎麼回事啊？

劉氏叫醒了小德子，他也迷迷糊糊的根本不知道姜小石什麼時候失蹤的。

這個消息傳進麟趾殿，淳安王心中一震，他連忙起身朝後廚走去。

馬公公也跟在後面，心中卻說不出什麼滋味，他家王爺好不容易喜歡上一個女子，結果卻是屍妖！為了她，差點連命都搭上，還痴迷到這個程度。如果真的能選擇，還不如不遇見她的好……心冷總好過心碎。

除了留下的幾件舊男裝，她什麼也沒留下。淳安王失望而回，但他相信，寧子薰一定還活著！他要找到她，告訴她：無論她是什麼，他都要和她在一起，一生一世！

◎※※※◎※※※◎※※※◎

寧子薰半夜就已知道發生的一切了，淳安王識破了山寨貨和臭老道的毒計，她知道淳安王依然是那個「詭計多端」的狡猾狐狸，沒有她在，他依然可以活得很好很好……心中酸得像要裂開，很疼。

玄隱子「丟」了，牛耳胡同的宅子已經好幾天沒有人住過，玄隱子留下的氣味也變得很淡。他在救出小瑜之前絕對不會離開京城的，他一定是遇到了危險！不管怎樣，玄隱子救過她兩次，她也應該報答他的恩情，所以不顧身體還虛弱便在京城四處尋找，可卻一無所獲。

在京郊的官道上撿到一片屬於玄隱子的衣物碎片，上面還留有他的氣味，寧子薰心中焦急，只得順著大道向南繼續尋找……

在尋找玄隱子的這段時間內，寧子薰見到許多從北方逃回來的移民，聽說北方爆發了嚴重的瘟疫……國家動盪，大概最繁忙的就是淳安王和小皇帝了。

還沒到半個月，大家擔心的事終於爆發了：京城有人感染了疫病，這場大瘟疫在齊國全境蔓延開來，轉眼就變成了一場恐怖的浩劫，齊國一時間變得岌岌可危。

沒有找到玄隱子、又擔心淳安王的安危，寧子薰只得又回到了京城……

天剛亮，城中卻瀰漫著淡淡的薄霧。許多鋪子還未開張，不過走在街道上，寧子薰卻感覺到異樣的氣氛。許多巷子傳來隱隱的哭泣聲，還有燒紙和香的氣味，與她所熟悉的那個京城一點都不一樣。

城門前，已有許多板車有秩序的等候出城，板車上堆著的都是蓋著白布的屍首。當城門大開時，板車蜂擁而出，那些推車的人都蒙著口鼻，像是有人在後面追趕一般快步出城。

由於顛簸，屍體的一隻手從白布中脫了出來，寧子薰看到手上的皮膚就像被炭燒過一樣，大塊大塊的黑斑怵目驚心。而一旁的人都避之不及，跟在板車後面的死者家屬哀泣聲被官兵打斷，他們野蠻的用刀背槍尖指揮那些人快速出城。

她靜靜的目送著那群人消失在城門處，不由得搖了搖頭……瘟疫、戰爭、飢荒、天災一直圍繞著整個人類歷史，而且每次天災和戰爭過後，都會有瘟疫和飢荒。人類卻不知悔改，一遍遍的重複著錯誤……

「讓開，別擋路！」後面一隊官兵叫喝著推開她。

寧子薰看到軍車上也蒙著白布，高高堆起的想必也一樣是屍體！她不禁皺眉心想：如果連軍隊都這樣的話，那豈不是很危險的事？南虞和北方未服的叛軍一定會趁勢而起……看來齊國要經歷一場浩劫了！

殭屍不會被感染人類的瘟疫，寧子薰覺得在這樣的危難中她也應該出一份力。所以等送屍體的車隊到跟前，她就跑過去問：「還需要人手嗎？」

領頭的趙三瞄了她一眼，笑道：「隨時都需要人手！不過……」他上下打量了寧子薰一眼，說：「你這小身板能抬得動屍體嗎？我們按車給錢，一車三錢銀子！」

「沒問題。」寧子薰挽起袖子。

趙三原本是京城潑皮，他姐夫的表哥的三叔是巡檢司指揮，所以這抬屍首的活就包給他。說好抬一具五錢銀子，他便糾結了一幫地痞無賴幹起這險中求財的生意。不過這瘟疫當真厲害，不到一個月已經有三人倒下，正愁人手不足，於是他帶著十多個人又奔往城南的窮民窟，比起住在深宅大院的富人，窮人們矮牆低戶而且人口密集，更容易被瘟疫大規模的傳染。

趙三叫大家都戴上手套，蒙上面巾，穿上罩衣，從一條狹窄而破舊的巷道穿過。這裡沒有乾淨的青磚，地上一片泥濘，還有幾隻老鼠竄過。

趙三敲起銅鑼，大聲吆喝著：「官府收屍了！」

穿得破破爛爛的百姓們都擁了出來，哭泣聲和成一片，雖然都捨不得自己的家人，可沒辦法，得了瘟疫的人必須抬到城外火化。

趙三抱著肩膀耀武揚威道：「論屍體算錢，一具屍體收兩錢銀子！都快點把錢準備好！」

其中一個年輕人不滿的嚷道：「官府明明都已給了銀子，免費運屍的，怎麼你們到了這裡又要錢？」

趙三瞇著眼睛說：「老子這也是玩命錢，不給就滾一邊待著去！一句話，給錢的就抬屍，不給錢就不抬！」

幾個邋遢的布裙婦女圍上來哭嚎：「這還有沒有天理啊？我們為了治病已經傾家蕩產了，還哪有銀子抬屍啊？大爺，求求你們行行好吧！」

「為妳們白幹，老子喝西北風去啊？滾一邊去！」趙三不耐煩的叫手下推開她們。

寧子薰皺眉，問旁邊的一個抬屍人：「官府給了銀子，為什麼還向百姓要？這樣是不對的！」

那人翻了個白眼，說：「什麼對不對的，爺們賺的就是這死人錢，你放著銀子不賺，替人家白抬啊？」

「我免費抬！」寧子薰說。

在那群人震驚的目光中，她大聲道：「誰家有死者，我抬！不要錢！」

趙三第一個從震驚中回神過來，咬牙上前抓住寧子薰的衣領，罵道：「小兔崽子，你是成心來找碴的？」

寧子薰依然沒什麼表情，只是靜靜的說：「你不抬就走，我抬！」

「嘿~你小子欠揍吧?哥兒幾個，上！」趙三急了眼命令道。

幾個人把寧子薰圍在中間，那些百姓早就嚇得不知所措。有幾個膽小的婦女捂上眼睛，以為這白白嫩嫩的少年一定會被打成豬頭，結果一陣乒乒乓乓和慘叫聲後，只見抬屍的人都倒在地上蜷著身子呻吟，而那個少年卻依然好好的站在那裡。

趙三捂著肚子，指著寧子薰放了句壞人的經典臺詞：「小子，真有你的！你等著，老子跟你沒完！」然後就率著眾人灰溜溜的跑了。

寧子薰很鄙視這些人類……不，應該是人渣！在秩序和服從為第一的殭屍社會，用公眾利益來為個人謀福利不亞於背叛殭屍聯盟，這是她這個優秀戰士所不能允許的。

「從誰家開始？」她說。

百姓們一陣歡呼，不過一個拄著枴杖的老漢皺眉說：「我們這裡死了三、四十人，你一個人用推車什麼時候才能推完？」

寧子薰想了想，說：「有馬拉的平板車嗎？那個比較大，可以一次都裝下。」

「你能拉得動嗎？」

一個人百十來斤，四十個人四千來斤，看這瘦小的體格，一次能運三個人就不錯了。因為最近這場瘟疫禍及牲畜，軍中的戰馬也死了無數，更別提百姓家養的牲畜了，所以只能用人來推運。

「你放心，我說到就一定能做到。」寧子薰說。

老漢對身邊的一個壯漢說：「把你家運瓜的車借他吧。」

壯漢答應著，不過心裡也覺得這是項不可能完成的任務。

寧子薰從最東面的人家開始一家一家搬運屍體，然後用那些抬屍工丟下的白布裹好、裝上馬車。不一時，四十多具屍首都裝上馬車，堆成一座恐怖的屍山。

寧子薰對眾人施了個禮，拉動馬車後，眾人的悲戚都被震撼所取代了，然後……她拉起車來，咯吱咯吱的向城門處進發。

走了兩步，她又停了下來，轉過頭來說：「誰為我指個路，我不知道焚屍點在哪裡。」

好半天大家才回過神來，出馬車的壯漢上前拍拍她的肩膀，親切的說：「小兄弟真是天生神力啊，幾千斤都能拉得起來！在下願意領你去城外。」

寧子薰沒好意思說，因為這裡路窄，所以她跑不起來……

第7章

王爺是斷袖？

往常運屍車走過，人們都避之不及，可寧子薰的車所到之處，所有人都呆住了。

董大勇正坐在樓垛子裡喝茶。上次被王嫣破城，董大勇被埋在死人堆裡才逃過一劫，後來淳安王奪回齊都，他依舊做他的守門官。

見站在城門上的兵士一陣喧譁，董大勇不由得皺起眉，走出來吆喝：「都在這亂嚷嚷什麼呢？」

「董大人，您快看！」一個兵士指著下方驚訝道。

董大勇探身，心驚：好大一堆屍山吶！差不多都要頂到城門最高處了！

他一著急差點掉下去，「這……這是誰搞的？」

董大勇急忙走下牆樓，卻看到一名孱弱的少年拉著車子，還跟身邊的壯漢有說有笑。他吃驚的看著少年……直到運屍車從城門出去，他都還在石化中。

出了城門，眼前是一片寬闊大路，寧子薰對壯漢說：「大哥，這裡好走，咱們快點，我一會兒回來還有事呢。」

壯漢說：「成，小兄弟，我幫你推！」

「不用，你跟緊了就行！」

說完，她邁開步子飛奔，屍車像插了翅膀一般在官道上飛速前進。

過了一會兒，寧子薰跑到了焚屍地，那裡有官府派來的醫屬典查官在等候。典查官看著那個瘦小的少年拉著一大車屍體平靜的停下，而身後赤手空拳跟著跑的大漢卻累得氣喘吁吁……手中的記錄冊掉到了地上。

「你……你一個人拉來的？」典查官用力揉揉眼睛，確定自己沒有眼花。

寧子薰摘下手套，撿起地上的記錄冊，發現上面記錄的焚化和深埋的屍體每天都有幾百具，且最近幾天數量明顯多了起來——看來瘟疫蔓延的速度加劇了。

她把記錄冊遞還給典查官，說：「大人，這次一共四十三具，卸在焚化坑裡了。」

看著燃燒起的熊熊烈火，壯漢跪在地上嗚咽起來：「狗娃他娘……妳死得好慘啊！」

看著那個壯漢哭了好半天，寧子薰才說：「大哥，我們回去吧。」

她把外面的罩衣和手套投入火中，拉起壯漢回城。

一路上，兩人交談，寧子薰得知這個男人叫李長友，和妻子住在京城，靠販賣一些瓜果蔬菜為生。這場瘟疫是一個月前從北方蔓延開來的，剛開始是在牲畜中爆發的，接著草原上的牧民開始得病，然後那些到北方墾荒的齊國遷居百姓也得了此病，隨即瘟疫開始瘋狂蔓延，直到腹裡地區，最後連京城都不能倖免！

沒有醫生能制止住這場恐怖的瘟疫，無論用什麼藥，都阻止不了不斷的死亡。得了瘟疫的人都會出現高燒、咳嗽、寒顫、皮膚壞死、水腫、潰瘍，形成黑痂最後死亡……

齊國第一神醫七王爺雖然已率醫隊入山採藥、研製最新的抗病藥劑，可目前卻沒有能根本抑制瘟疫蔓延的有效辦法，百姓們除了絕望還能做什麼？

「這場瘟疫一定是上天對齊國的懲罰！懲罰我們占領北狄的領土，所以天神降下讓牛羊傳染給人的疾病！罪魁禍首是攝政王，如果不是他率兵滅了北狄，如果不是他遷百姓到新十三州，哪裡會發生這種天罰？百姓們現在都恨不得攝政王這個渾蛋死了！」李長友最後的結束語是這樣說的。

恐懼和絕望會讓人崩潰，在這樣瘟疫橫行、生命轉瞬消逝的時候，人類總要找個替罪羊來宣洩心中不滿和絕望的情緒。所以本來就名聲不好的攝政王，理所當然的成了百姓攻擊的目標！

寧子薰微微側頭低聲說：「淳安王冷酷、狠毒、小氣、毒舌……他真的很讓人討厭！不過……他對百姓從來沒做過一件壞事。他不是瘟疫的始作俑者，我會證明給所有人看！這場瘟疫的罪魁禍首是……炭疽桿菌！」

李長友：「呃……」完全沒聽明白對方在說什麼。(￣_￣|||)

來到城門前，他們不由得停下腳步。趙三領著一群巡檢司的官兵正堵在城門前，抱著肩膀笑得一臉猙獰。

寧子薰目測，對方大約有一百多個人類，她正糾結怎樣才能在不出現意外死亡的情況下打倒所有人，而李長友卻拉起車，颼的一聲消失在人群中。

——咦……剛才都沒見他跑這麼快……算了。

「你們十八人就是被這小孩打傷的？」其中一個騎著馬的千戶用鞭指著寧子薰問趙三。

「賀千戶……」趙三臉紅得跟猴屁股似的。

賀千戶瞇起眼睛喝道：「哪來的野小子，竟敢阻撓官府委派的運屍？你活膩了不成？」

「大人……」現在的寧子薰倒是養成了好習慣，見誰都叫「大人」。她說：「我並不想惹事，是他們亂收費，我才動的手！」

賀千戶冷笑：「癩蛤蟆打哈欠——好大的口氣！本千戶手下收費你就敢動手打人？既然

你能一人打倒這十多個漢子，想必有點本領，本千戶也來領教領教！」

說罷，賀千戶催馬上前。他剛要舉槍，突然對面城牆上趴著的兵士一頓噓聲。

「噓……真夠丟人的，堂堂武將竟然打一個赤手空拳的小孩！」

「你不知道啊，巡檢司的都是飯桶！只能欺負小孩子！」

賀千戶老臉一紅，跳下馬來，解下護甲，說：「小子，別說本千戶欺負你，本千戶讓你三拳，然後……」

他話還沒說完，只見一個身影快如閃電，早已衝到面前。

「多謝大人，不過一拳足矣！」寧子薰話到拳到，一記旋風龍捲拳……

自信滿滿的賀千戶還沒反應過來便已化成天上流星消失在城樓上方，眾人齊齊仰望。

「你……」寧子薰目光轉向趙三。

趙三嚇得臉都綠了，大聲向巡檢司的兵士們喊道：「快……快抓住這小子！如果不抓住他，賀千戶的事何人能脫得了干係？」

賀千戶可是朝中刑部尚書賀大人的族弟，如果讓這小子跑了，回去可怎麼交差？眾兵士一窩蜂似的撲了上去！

城門前塵土飛揚，喊聲四起，站在城樓上看熱鬧的兵丁們都忍不住嘲笑起飯桶巡檢司。

大家又有熱鬧看了，有人說道：「巡檢司這些傢伙們說起來是管理城池治安、防捕盜的，結果經常勾結盜匪同流合汙，欺壓良民，擺小攤的、做小專賣的都得上供給他們，連咱們這些守城門的大頭兵都看不起他們！」

「哦，原來古代也有城管！」

「可不是嗎……嗯？！」

眾人側頭，只見那個布衣少年正蹲在箭垛口，手搭涼棚四下觀望。少年把中指放在脣間，做個噓的動作，然後從城牆上輕輕一躍，便跳到下面商鋪的房頂上，消失不見了。

不過，更熱鬧的還在後面，原來李長友根本沒跑，他領來好幾百個手執木鎬的百姓。看到趙三在那裡起勁吆喝，眾怒更盛，百姓們衝上去把巡檢司的兵士和趙三等人打成豬頭……

董大勇站在城頭笑得樂不可支，等打得差不多，百姓們都散了，才派人叫巡檢司的徐指揮來收拾自己這攤破爛事。

巡檢司真是屋漏偏逢連夜雨，今天正好朝廷接到退守至沙漠地帶的北狄人趁此時瘟疫席捲而來，重占新十三州的消息，朝中上下都忙成一鍋粥了，正忙著打點出征事宜，卻傳來飯桶巡檢司鬧出此等笑話。攝政王黑著臉當時就做了個決定：從此，再也沒有巡檢司這個設置了！一切先由五城兵馬司守各城的將領負責各大城區的治安。

有的時候，不起眼的小人物還真是能決定歷史進程……

◎※※※◎※※※◎※※※◎

第二天，寧子薰聽到一個消息，說淳安王率兵馬北上抗擊北狄人了。

這還得了！北方可是疫情重災區，萬一被傳染上……她是好不容易才把他救活的！

寧子薰轉身衝向城門，想詢問城門官是否可以讓她進入軍隊。

昨晚值夜勤，熬了一夜的董大勇剛洗過臉，就見那個力大無窮的布衣少年旋風般的衝到他面前說：「大人，請問現在申請當兵還來得及嗎？我要去前線！」

董大勇揉揉太陽穴……這小子，怎麼每次見到都似乎在玩命？抬屍、群毆、上前線，如果真有這樣一個兒子，估計他早就被氣死了！

「你父母不管你嗎？怎麼做事情都是意氣用事？」他問。

「沒父母。」她簡潔的回答。

董大勇嘆了口氣，說：「你雖然力氣大，但上前線可不是鬧著玩的！這樣吧，運糧草的車隊十天後出發，你可以編入備軍營，隨護送糧草的車隊一同到北方草原。」

「呃……有沒有現在就出發的？我有急事！」寧子薰說，她不想就這樣以平民的身分去追趕部隊。

董大勇皺眉狐疑的盯著她，問：「你有什麼急事？」

寧子薰很坦然的回視他：「如果我說我找到解瘟疫的法子，你信嗎？」

「磅噹……」他驚訝的向後一退，把臉盆撞到地上。

「你……你真的能治瘟疫？」董大勇的聲音是嚴重質疑的。

寧子薰認真的點點頭。

「你確定自己不是為了領賞銀而發瘋？」董大勇的聲音有了點軟化。

寧子薰指著自己的腦袋說：「如果說假話，這顆人頭就送給你當球踢！」

「格老子的！本官親自送你到皇宮去！」董大勇一拍桌子激動的說。

「大人，我不去皇宮。我要去前線！別忘了咱們的軍隊正奔赴疫情最嚴重的地區，如果軍隊都垮了，還談什麼國家？所以我要在第一時間內把藥劑分給士兵。」

董大勇高興得直搓手道：「如果你真能治好這場瘟疫，估計升官發財是一定的！隨便問一句，你何時發現的藥方？」

「昨天。」

董大勇抹平頭上的三條黑線，一臉蛋疼表情的說：「為了謹慎起見，本官還是決定以送信鋪兵的身分送你到前線去，到時你自己向王爺解釋你能治瘟疫的事情！」

不管怎麼樣，她還是成了個大頭兵，揹著鋪兵行李和公文，騎著馬上路了。

三天之後，寧子薰追趕上北伐的大部隊。聽說她是來送公文的，中軍守帳官叫人搜了一遍身，然後說：「帶他去見薛頭兒！」

薛長貴是王爺的侍衛總管，一般有事都得先讓他知道。

寧子薰心中緊張，用這張臉在淳安王府混了些日子，雖然沒遇到過薛大鬍子，可她有點害怕薛大鬍子會從言談舉止中認出她來。

不過她想多了，薛長貴根本沒看她。他先是看了董大勇的推薦信，然後仔細校驗了公文的官印有無破損，就說：「你跟我去見王爺。」

蝦米？還要見淳安王？她只是個送信的啊！

「那……那個，王爺日理萬機，還能見小人這樣的鋪兵？」她緊張的問。

薛長貴狐疑的盯著她，說：「董大勇不是說你能製造抗瘟疫的藥？難道是假的？」

呃……她把這事忘記了！

穿過一個個白色的營帳，來到淳安王的帳篷前。守衛的兵士詢問了來歷，然後挑起帳簾讓他們進入。

——終於……要見他了……

寧子薰覺得心臟不受控制撲通撲通的狂跳起來，她緊緊握住手中的公文。

她深深吸了口氣，踩著柔軟的氈毯走了進去，然後跪倒施禮，低沉著嗓音說：「給王爺請安，小人是來送京城公文的。」

許久，都沒有動靜，寧子薰緊張得繃緊了肌肉。她微微抬頭，看到火光處那一身熟悉的黑衣，看到那完美無瑕的面孔還有脖子上剛剛長好的傷口，她的眼睛不知為何刺刺的疼了起來，鼻子也酸酸的。

「呈上來吧。」依舊是冷若冰霜的聲音。

她努力讓自己平靜下來，躬身向前把信函呈了上去。

淳安王看了一遍，說：「聽董大勇說你能製造控制瘟疫的藥？」

和他如此貼近，寧子薰忽然發現她真的好想他……好想緊緊抱住他！

「是，小人想為大齊和百姓出一份力。」她低沉著嗓子說。

淳安王突然起身，走到她面前。

寧子薰忙垂著頭，眼前是他那雙繡著龍紋的黑靴和衣襬。他的味道還跟往常一樣，有著淡淡的香味，她就是經常枕著這種香味入睡的……

「抬起頭來！」他依然聲音冰冷。

寧子薰下意識的抬起頭……感覺他的面孔一點一點貼近，那狼一般威懾的瞳孔中映出她這張稚嫩而陌生的臉。距離太近，她幾乎能感覺到他呼吸的熱氣噴到她的臉上，她顫慄著閉上眼睛，生怕自己的眼睛洩露了秘密……

淳安王突然一轉身回到座位上，一邊看地圖，一邊淡淡的問：「你叫什麼名字?有何方法解瘟疫之毒？」

寧子薰聽到這話，才鬆了口氣……

說到這個就不得不提，殭屍戰士在受訓時，最基礎的科目當然是野外生存。比起人類來，他們更能適應末世地球的惡劣環境。不過就算殭屍再強悍，也有他們的弱點——他們的皮膚組織比人類更脆弱，更容易感染細菌，變成一堆腐肉，所以他們必須學習和掌握的一項技能就是在沒有醫療援助的條件下，自己如何盡可能的控制細菌蔓延。

齊國所發生的這種炭疽病是由食草動物接觸土生芽孢而感染所導致的，炭疽桿菌從皮膚侵入，引起皮膚炭疽，使皮膚壞死形成焦痂潰瘍。對於人類是致命的，而對殭屍來說……只是一種皮膚病而已。炭疽桿菌的最大剋星就是——青黴素。只要製造出青黴素，就可以抑制炭疽病的蔓延了！

於是寧子薰很平靜的把早就編好的理由說出來，還用了穿越前的本名：「小人名叫洛菲，父親是木匠，幹活時經常手指受傷，後來發現過期的糙糊中會生些綠毛，剪下那些綠毛敷在傷口，會好得很快，所以小人就對這些綠毛發生興趣。再後來小人跟一位道士學習鉛汞之術，逐漸摸索著用培養提煉的方法來純化綠毛，並替它取名為——青黴素。」

無恥抄襲這種手段只要是穿越的人都幹過，也不差她一個殭屍吧？好在她的細菌課都是優等成績……

淳安王瞇起眼睛，目光始終在她面上梭巡，看得她心裡發毛……難道她穿幫了？

「青梅？還竹馬呢！」淳安王冷哼了一聲，說：「本王且看你能否造得出來，如果真能如你所言，可治瘟疫，那你想要什麼，本王都能滿足你；如果不能……衝鋒隊一直都為你保留著位置！」

這傢伙的惡劣態度果然還是沒變！寧子薰低頭回道：「多謝王爺『厚愛』！」

「薛長貴！」淳安王把薛長貴叫進來吩咐道：「替這傢伙安個帳篷，就在本王旁邊！需要什麼東西都盡可能滿足，明白嗎？」

薛長貴眨眨眼，看這柳腰花貌的小子兩眼，說：「帳篷本來就有點不足，要不讓他跟我擠擠？」

淳安王瞇起眼睛，目光中的戾色讓薛長貴一抖，忙領命道：「屬下馬上就去辦！」

寧子薰差點下意識的又側頭……不過她忍住了。

淳安王陰森森的看著她說：「為你立一個單獨的帳子，今晚你就替本王製作青黴素！」

原來是這樣，她還以為……寧子薰搖搖頭，驅散腦中不應該有的念頭。

她行了個禮轉身出帳，立在門口的薛長貴正在等她，一邊幾個年輕的兵士正忙著騰地方立帳子。

看到薛大鬍子，寧子薰覺得倍感親切，她微笑著衝他施禮。不過薛長貴只是很戒備的微微頷首，說道：「王爺吩咐，你有什麼需要儘管開個單子，軍中不比都城，而且越往北走就越危險，不光是要提防北狄人，還要擔心瘟疫傳染。」

寧子薰說：「我需要一些乾淨的器皿，還有馬鈴薯、瓊脂、蔗糖、乾淨的紗布，還需要兩個助手。」

「你……要幹啥？」薛大鬍子有些狐疑的盯著她。

「秘密！」寧子薰嘴角微揚。

薛長貴辦事很麻利，寫好單子，飛鴿傳回京城，等下一批運送糧草或公文的鋪兵前來，就會把這些東西捎來。而寧子薰的任務就是先好好的睡上一覺，在獨自一人的行軍帳房。

第二天部隊開拔前，薛長貴帶來兩個稚氣未脫的少年，說是撥給她的助手。兩個少年看到「長官」比他們還嫩，不由得驚訝不已。

寧子薰問他們姓名，兩人回，一個叫呂布，一個叫趙雲。

寧子薰還以為他們是從三國穿來的，結果細問之下才知道，原來貧民都不識字，有姓無名，按排行來論。不過到了軍中李四張三的重名太多，於是長官就替他們取名字；當然，長官也沒什麼文化，正好在看《三國》，隨便就替他們取了兩個英雄的名字。

兩個人還都是新兵，第一次跟隨部隊出征。因為這場瘟疫使齊國損失慘重，只好從各地徵召新兵，不過軍隊的戰鬥力也都因此大打折扣。看這兩個什麼都不懂的娃娃兵，寧子薰也有點替淳安王此戰擔心了……

因為所需的物品還未送到，寧子薰閒來無事，晚上紮營後，就教呂布和趙雲一些實用的格鬥技巧。身為殭屍戰士，她了解人體每一塊骨骼肌肉的分布，知道如何最狠最快的置敵人於死地。

他們三人在篝火前比劃，寧子薰那些詭異卻十分有效的招數則引起了兵士們的興趣，不一時就圍攏了許多人觀看。

這個看似柔弱的俊美少年很快就讓那些自詡身經百戰的老兵刮目相看了，她不但格殺技術厲害，而且講起戰場上的多人配合、掩殺、襲敵的套數也頭頭是道，眾人都不禁服氣，連原本路過的薛長貴都不由得聽入迷了……

薛長貴是個認真的人，非要跟寧子薰比劃比劃，說這樣才能證明她這種格鬥的殺傷力有多大。而寧子薰很高興，因為從前在王府，薛大鬍子只跟她比棋藝，若說要動手，他就一百個搖頭，死也不肯，這回終於可以和他切磋一下了！

兩人脫衣挽袖，眾人一片歡呼，無聊的行軍中，終於有點刺激的了！

薛大鬍子行武出身，又是淳安王貼身的侍衛總管，論武功自然不低。不過與這黃毛小子一交手，他倒有幾分不適合，因為他的動作詭譎，招招都是衝要害而來。而寧子薰對薛大鬍子也有了幾分敬意，因為他的身手的確高超，她憑著殭屍敏銳的視覺和聽覺才不落下風。

寧子薰佯攻下路，突然出手襲擊薛大鬍子的咽喉，他略微慌亂，用手格擋，另一隻手狠狠的鎖住她的胳膊，向後一扭，困住寧子薰。寧子薰腳下一勾，身體重心沉壓過去，把薛大鬍子壓倒在地，像隻滑魚般用詭異的姿勢扭過胳膊，制住薛大鬍子。薛大鬍子膝蓋狠狠磕在她的後背，把她掀翻在地，撲了上去……

這時，圈外傳來一聲冷喝：「這是在幹什麼？」

淳安王的聲音讓所有人都噤若寒蟬，眾人默然閃開一大片。火光下，薛長貴壓著寧子薰的經典姿勢就這樣映入淳安王的眼簾……

淳安王沒有說話，不過他散發出的寒氣還是讓周圍氣溫突然低了三、四度，連火堆都不由得跳了兩下。

薛長貴這廝沒眼力，還笑呵呵的說：「王爺，我正跟洛兄弟切磋武藝呢……」

還沒等他說完，就被掀翻在地。淳安王俯視著他，那目光簡直可以把他凍成雕像。

「治軍不嚴，半夜嬉戲，是不是應該砍了你的腦袋以儆效尤？」

「王爺，卑職……」

話未聽完，淳安王已轉身走到寧子薰面前繼續冰害肆虐，他咬牙說：「跟本王進來！」

目光掃過之處，鳥獸絕跡，轉眼間四下空無一人，只剩下薛長貴委屈的直甩寬麵條淚……

他哪裡錯了？以前行軍晚上為解煩悶也經常會聚眾比武，而且王爺還會適當犒賞一碗酒以解乏意，如今只不過是比劃兩下，怎麼王爺就如此發怒？看來王妃的死真是對他打擊太大，連性格都變古怪了！

寧子薰小心翼翼的跟著淳安王走進大帳，心理上有準備要被狂罵一通了。

結果淳安王卻睇著眼睛審視著她，讓她惴惴不安的站了半天，才開口道：「你不是木匠的兒子嗎？跟何人學的武功？又是從哪裡得了這些行軍打仗時的技巧？」

「呃，小人……」寧子薰忙低下頭，說：「對了，小人不是跟您說過，曾經跟道士學習過好多年嗎？」

淳安王嫌惡的說道：「又是道士！真是無處不在！」

寧子薰不敢語言，淳安王突然說道：「跟本王過兩招！」

「什麼？」寧子薰抬起頭，覺得靈敏的聽覺有點失常。

「用你的招數，跟本王過招！」淳安王瞇起眼睛命令道。

看那烏雲密布的表情，顯然再讓他重複一次她的下場會很慘！於是寧子薰衝了上去……

寧子薰怕露餡，不敢用殭屍的蠻力，只把力量控制到人類可以接受的範圍內。

激戰正酣，淳安王卻跳出圈外，說：「等一下，本王熱了！」然後把上衣脫掉，露出精健的上身。

這熟悉的雄性激素和流著汗水的脊背……都曾經屬於她！寧子薰不由得嚥了一下口水。

「繼續！」淳安王的聲音不帶一絲溫暖，直接凍醒了花痴殭屍。

不過，接下來的打鬥寧子薰就完全處於下風，與他赤裸的胸膛貼近，就會分神。

她用手阻隔那隻襲來的手，冷不防被另一隻手狠狠鎖住脖子。淳安王緊緊貼在她身後，桎梏著她的雙臂，在她耳邊低聲說：「你輸了！」

剛想用蠻力掙脫，她忽然感覺有件危險的「武器」在她屁股後面蹭來蹭去。看來她還是很不了解人類男性啊……難道是打鬥讓雄性激素升高，從而興奮異常嗎？

糟糕，那她下次也得把自己下面的絨線「小雞雞」換成石頭的，以免穿幫！

好在這時外面有人稟報，說京城第二批物資運到。

「東西到了，明天替本王好好製藥！」淳安王鬆開她，不過表情有些殭硬。

「小人告退。」寧子薰出帳。

她剛出來就被呂布、趙雲拉回自己帳中。兩人面帶憂色，欲言又止，低聲問：「王爺他……沒對你怎樣吧？」

寧子薰奇怪的看了他們一眼，說：「就是切磋一下武功，不過我輸了。」

「那個……」呂布期期艾艾好半天才開口說：「你最好離王爺遠點！」

「怎麼了？」寧子薰問。

趙雲急切的說：「難道你沒聽過淳安王的傳聞？淳安王天煞入命，他的女人都會死！」

寧子薰咳了一聲，警惕的看著兩人，有點沒底氣的說：「可……可我是男人啊！」

呂布搖頭嘆道：「男人更危險！淳安王自王妃晏駕，一直都沒女人。據軍中傳言，他已改好男色了，所以你要加小心啊！」

寧子薰心中一窒，她可是在南風館打過工，軍隊中這麼多男人，萬一淳安王變彎……也不是沒有可能啊！

隔天，薛大鬍子把寧子薰所開具的物品一一點齊送到她的營帳。

至晚紮營，寧子薰叫呂布和趙雲把罐子抬到河邊清洗乾淨，用熱酒消毒，然後把馬鈴薯去皮切成塊，加水煮沸，再用紗布過濾，加上蔗糖和瓊脂，把四罈大罐子密封好，放在離火不遠不近的溫暖地方。

就這樣把這四罈大罐子當寶貝般白天在馬車上用棉被包裹，晚上則放在火堆邊。雖然呂布、趙雲好奇，可寧子薰就是不告訴他們這是在幹嘛。

過了六、七日，揭開罐子，裡面已經長了密密麻麻的厚毛，有白色的，有綠色的。寧子薰把長白色的罐子倒掉，重新裝入馬鈴薯培養液，然後她用乾淨的棍子上下攪拌，讓綠真菌在液體中充分生長，繼續發酵。

部隊已走到北方大城燕州地界，到了人煙密集的地方，情況就更不容樂觀了。這裡比京城的疫情還要嚴重得多，沿途就能看到許多死人連掩埋都無人來做，直接被丟在路旁，還有一些死亡牲畜的屍體散發著惡臭。

淳安王安排人見到屍體就及時掩埋，以免瘟疫四散，然後追問寧子薰什麼時候能造出「青黴素」。

寧子薰嘆了口氣，說：「王爺，我還需要玻璃器皿以便分離提純。」

「玻璃……這種東西雖然好看，但不耐用，一碰就碎了。」淳安王皺眉說道。

「可是我就需要玻璃啊！」寧子薰毫不讓步。

「到了燕州城，本王派人到城中找會製玻璃的工匠。」淳安王的面色越來越嚴峻。

◎※※※◎※※※◎※※※◎

燕州乃是北方大城，人口密集，可軍隊卻不敢離得太近，僅在一片林地中紮下營寨。

淳安王派人到城中交涉，結果得知燕州知府也被瘟疫傳染病故，朝廷新派來的知府還未到達，並且聽說燕州瘟疫十分嚴重，人口已死亡過半。不過暫代燕州知府得知王爺駕到，親自前來勞軍，同時也把寧子薰所需要的會製造玻璃的匠人帶來了。

與暫代燕州知府談過後，淳安王越發愁眉緊鎖。

而寧子薰把需要的玻璃容器的尺寸和大小交代清楚，匠人們運來石英砂和純鹼等連夜燒製。第二天，大大小小的器皿就送到了她的帳篷裡。她在帳篷中鼓搗了七、八天，才帶著一玻璃瓶的液體來見淳安王。

淳安王瞇著眼睛說：「這就是『青黴素』啊？怎麼一點也不青？」

寧子薰：「（︶︿︶）王爺，冷笑話真夠冷的！」

「洛菲，燕州城中瘟疫正盛，現在是你證明能力的時候了。」淳安王斂容說道。

「是，王爺！」寧子薰領命帶著呂布、趙雲進城去見代理知府肖大人。

肖知府得知是王爺差來治瘟疫的，表面十分客氣，不過心中仍不以為然。因為朝中累派名醫前來診治，最後不都無功而返？此乃上天震怒，降懲以警世人，有何藥可能解之？

他沉目說道：「府內就有無數病患，又何必到外面找？左右治不治都是一樣的，且死馬當活馬醫也無妨！」

於是，領命的府兵帶著寧子薰和兩個小兵來到後宅一處清冷的院落，打開鎖著的院門，府兵停住不前，說道：「請太醫自己進去吧，小人在這裡候著。」

走進院中，寧子薰看到露天席地鋪著幾張草席子，上面蜷縮著四個病人，看衣著應該是府中下人，他們痛苦的呻吟著，臉上身上都已水腫，部分組織壞死已經變成黑色……

「水……給我點水！」一個人突然抓住趙雲的靴子。

趙雲畢竟還是個少年，嚇得跳到旁邊。

害怕是人類正常的反應，寧子薰也不以為意，對呂布說：「去打點水，再把我的背包打開，我要替他們打針。」

呂布應聲而去，不一會兒打來水，寧子薰扶起病人餵了些水，然後淨手，用早已準備好的高純度的白酒消毒，然後取出浸泡在酒中的「針筒」——這是用打下來的野雁翎管在前面安上針尖製成的簡易針筒。為了做針筒，整個軍隊上上下下的針都被她收去改造了。

她先替四個人類做了試驗，確認沒有出現過敏症狀，才敢按著劑量注射進體內。然後她叫門口幾個望風的去準備乾淨的被褥和衣服，親自為病人換上，把他們抬到通風的房間裡。

第8章

危難之變

寧子薰告訴呂布和趙雲：「你們先回軍營去，記著到河裡洗個澡，再把衣服都燒掉，我在這裡看守病人，今晚就不回去了。」

呂布、趙雲不答應，說要和她在一起。

「聽從命令！萬一你們倆病了，我還得多照顧兩個！」寧子薰皺眉說道。

呂布說：「那萬一你病了，豈不是沒人製藥了？」

寧子薰挑了挑眉，說：「我對此病免疫，絕對不會得病的！」

好說歹說把兩個人勸走，其實寧子薰看得出來，知府衙門的人都對她的藥不看好，甚至早已經放棄了這四個人，所以她更要精心照顧、治好這四個人！

事實證明，科學才是正道。第二天，病情輕點的已經恢復意識並且能喝一點米湯了。因為古代人類沒有接種過抗生素，而且青黴素對炭疽又十分對症，所以這四個人經過五天注射後，竟然好得七七八八！這下知府衙門從上到下都轟動了，看著早已病入膏肓的人竟然奇蹟般的生還了，都不由得驚嘆不已：原來瘟疫還是可以治好的！

代理知府肖大人看寧子薰的目光熱情的就像乞丐看到烤全豬！好在他沒女兒，否則都想馬上納「他」為婿了。而這幾天呂布和趙雲也向軍中彙報了寧子薰治療的進度，淳安王那緊皺的雙眉終於鬆開了。

全城百姓得知瘟疫可以治癒，都抬著病人跪在知府衙前求見「神醫」。還是肖知府出面應承百姓，儘快擴大生產，把藥分給每家每戶，百姓們才散去。

寧子薰開始了最繁忙的工作，她把城中僅剩的十來名醫生集中起來，教授他們如何按著劑量用雁翎針為患者注射肌肉，然後又教授知府指派給她的一百名製藥工如何生產青黴素。

這時，忙中添亂的淳安王又派人傳她出城。

騎著馬飛奔到松樹外，淳安王早已等在那裡，不過身邊只跟著薛長貴一人。

寧子薰滾鞍下馬，跪地行了個軍禮，說：「不知王爺召見有何要事？」

淳安王靜靜凝視著她，目光如潭，深不可測。他走到她面前，拉起她，鄭重說道：「這一次，是你救了大齊，救了百姓，也救了本王……本王代表皇上及齊國百姓謝你！」

聽到從來不對她講理的淳安王竟然說「謝」字，寧子薰好想此時有個錄音筆！

不過下一秒，淳安王收起感動的表情說：「不過你小子也不要恃才傲物，只要沒消滅北狄叛軍，天下就不算太平，前面的路還很遠……」

寧子薰眉頭跳了三跳……就知道這傢伙改不了！

最後，淳安王把他的計畫告訴了寧子薰：「你留在燕州，在這裡安排人手製作藥劑。本王已傳信於京城，不久就會加派更多人手幫忙製藥。製好的藥劑將送往全國各州縣，只要控制住瘟疫蔓延，民心就會安穩，民心穩則天下定。而此時，本王要快速向北方推進！因為北狄人尚不知我們已經製造出克制瘟疫的藥……」

「誘敵深入，聚而殲之！」寧子薰搶答成功。

淳安王久違的挑眉表情說明此時心情不錯，就像一隻剛吃過肉的狼，心滿意足。如果此時有個人不怕死的上來搔癢，他還會很舒服的瞇起眼睛呢！

「不錯，北狄人多數都是騎兵，聚則成匪，散則成民。本王曾派王朗幾次深入沙漠，卻無從尋找。這次正好以瘟疫誘敵，以逸待勞，一舉殲滅，以後就再也不擔心匪患猖獗了！」

淳安王居然紆尊降貴一次說了這麼多個字，看來心情還真是超好啊！

看著那盈盈眉眼之間，似乎冰雪初融，綻放三五朵初春蓓蕾，雖然料峭，那絲絲春意也讓寧子薰心裡蕩漾了許久……淳安王，您老人家果然秀色可餐！

一旁的薛長貴突然從兜裡掏出一把肉乾塞在寧子薰手裡，紅著眼圈說：「他娘的，那個代理知府是不是太大膽了，看把你餓的，都流口水了！」

兩人齊齊回頭，死死瞪他，那目光就算是隻草原跳鼠也能看明白：小子，你真的很礙事！還不快快退散？

薛長貴撒腿逃竄，揚起一道煙塵，隱隱的好像還有啜泣之聲……

她是不是過分了？看著手中的牛肉乾，寧子薰伸手要叫薛大鬍子，結果卻被淳安王握住。

咦……這是什麼情況？寧子薰頓時緊張了，低聲叫道：「王爺……」

蝶翼般的睫毛半遮著星眸，寧子薰以殭屍的超級視力竟然也沒看出來任何波動，就如一潭深水，沉靜而溫柔，讓人覺得不真切。

「跟你說過話後，本王就要即刻拔營連夜行軍，趕赴北方。你要萬事小心，千萬別出事……」

聽著那磁性的聲音，寧子薰的心怦怦直跳，他不會……他不會……真的想斷袖吧？

殭屍果然都是一根筋吶！(￣_￣|||)

淳安王是何等聰慧之人，看到那毫不掩飾的猥瑣目光，很乾脆的鬆開手，微笑道：「畢竟，齊國現在需要你，就算要捐軀，也請堅持到京城派人前來！」

說完，他轉身而去，黑色披風捲起一道殘影，模糊了寧子薰猥瑣的視線……

回到燕州，寧子薰開始加緊生產青黴素。過了幾天，朝廷也派來浩浩蕩蕩的醫療隊。整個知府衙門變成了巨大的青黴素生產基地，大堆的馬鈴薯滾進衙門，最後變成N個玻璃瓶的青黴素運往齊國各地。可憐的家鵝也不能倖免，該拔毛的拔毛、該紅燒的紅燒，針管是不缺了，後遺症是吃得醫生們一見扁嘴的禽類就想吐。

燕州城越來越有「人氣」了，街市上也漸漸人多了起來。代理知府派了許多醫生下鄉入村，替百姓們打青黴素，很快就遏止住了炭疽的蔓延。

八天，整整八天過去了，寧子薰已經把趙雲和呂布訓練成製造青黴素的高手，從製作培養液到分離青黴素都無比熟練。有他們在，製造青黴素的工作不會停止，寧子薰決定不再等了，她要去北方找淳安王，不過卻遭到了眾人的反對。

寧子薰正色道：「我們的青黴素製造能夠供應全國的需求，我在與不在都是一樣的。不過淳安王和軍隊就不一樣了，他們深入草原沙漠，萬一被感染那就危險了！所以我要帶著一部分藥去追趕他們，以防止瘟疫在軍中蔓延。」

寧子薰騎著一匹馬，帶著青黴素和針頭上路了。

越是向北走，寧子薰的心就越是擔憂，因為她竟然看到沿途有許多齊軍裝束的屍體和馬匹散落四周。

這是不是說明齊軍已經有人感染了炭疽病？

想到這裡，寧子薰不由得狠狠催馬向北追趕……

◎※※※◎※※※◎※※※◎

日夜兼程，寧子薰雖然不用吃，可馬匹卻被她硬生生累癱了！最後，她只能揹上藥箱，靠自己的速度一路飛奔。

在途中，她還遇到了小股北狄斥候。北狄人見她只有一個人，自然不會放過。當然，寧子薰也不想放過他們，本來是想抓幾個問問情報，無奈語言不通，而且那幫傢伙老遠就舉弓射她，所以她只能全部消滅，不能留活口引來更多的敵人。

終於在夜裡趕上了淳安王的部隊，薛大鬍子見到她先是十分驚喜，不過再瞧她隻身一人，而且連匹馬都沒有，不由得皺起眉頭，責備道：「你瘋了不成？竟敢一人追來！這裡靠近沙漠，北狄騎兵出沒頻繁，如果遇上大部隊，你就沒命了！」

「先別說這個，部隊中是不是有人感染瘟疫了？我沿途看到好多兵士的屍體。王爺呢，他怎麼樣？」寧子薰擔心的問。

薛大鬍子搓了搓亂蓬蓬的鬍子，得意的說：「傻小子，這是計謀啊計謀！走，先去見王爺！」

嘿，他還學會賣關子了！寧子薰看著薛大鬍子翻了個白眼。

當她走進營帳時，淳安王正斂眉沉目的看著地圖，表情十分肅然。幾日不見，他消瘦了許多，再加上臉上的傷痕，看上去整個人更加凌厲。

不過當他抬起頭看到寧子薰的一瞬間，目光中閃過的複雜情緒卻把薛長貴震住了——震驚、遲疑、激動……還有一絲喜悅？

唔~他用力揉了揉眼睛，再抬起頭，淳安王依然是一成不變的冷漠。剛才一定是幻覺！薛長貴鬆了口氣。

「洛菲，你竟然不服從軍令，私自跑來！如果沒有合理解釋，本王就要軍法論處了！」淳安王狠狠一拍桌子，怒道。

「可是大齊軍隊的安危也是很重要的啊！小人已經把製藥的工藝都傳授給呂布和趙雲了，他們現在能獨當一面，所以小人才帶著藥來找部隊的。這一路上看到許多齊國士兵的屍體，幸虧小人帶著藥來了，王爺應該高興才是啊！」寧子薰理直氣壯的說。

淳安王挑了挑眉，說：「沒有你，齊軍也亡不了！笨蛋，你還真以為是瘟疫爆發了？那是本王故意叫人在最後面的車裡裝死屍，沿途丟棄迷惑北狄人的。昨天才與北狄試探的前鋒部隊交鋒，派出的老弱病殘果然不負所望，大敗而歸。我軍後退六十里又丟棄了許多物資，然後佯裝要退兵回齊，估計北狄人應該繃不住了，這兩天一定會派兵前來攻打。」

「……」寧子薰無語。聽這意思她白來了唄？

這時，外面突然闖進一個兵士，慌張稟報：「王爺，探馬回報，北狄人夜襲，距離咱們只有兩個山坡的距離！」

「好！」淳安王抽出寶劍，說：「全體上馬，準備戰鬥！」

寧子薰這才發現他身披鎧甲，早已做好準備的樣子。怪不得她這麼快就追上了大部隊，敢情淳安王一直領著齊軍裝病！

寧子薰掀起帳簾出來，只見齊兵有條不紊的吹滅篝火，一部分人騎上馬消失在夜色中，一部分人埋伏在帳篷後面，營地前只留一些病弱之人拖著武器作「巡邏」狀。

寧子薰向薛大鬍子要了把刀，卻被淳安王沒收了。淳安王瞇著眼說：「編外人員退到隊伍最後去！」

寧子薰癟嘴，死皮賴臉的躲在薛大鬍子身後。

這時，不遠處傳來陣陣馬蹄聲，藉著月色，可見無數戰馬匯集成洶湧的海潮向齊軍營地襲來。

殭屍夜視能力不錯，看到最前面一個絡腮鬍子頭戴水獺尖帽，耳穿胡環，衣穿奢華，手中拿著一柄鑲嵌珠寶彎刀的壯漢，站在山坡上大喊了一句北狄語後，北狄士兵就舉起手中弓箭射向齊國營寨。

這是北狄騎兵的慣用手段，先是遠距離射擊殺傷敵人，然後再利用騎兵的速度優勢踏破齊國人的營地。

箭鏃如雨飛向齊營，兵士們按照演練的陣法舉起手中護盾，組成魚鱗般的盾壁抵擋住箭雨，寧子薰正欲龜縮到帳篷裡，結果卻被一隻大手抓住拉到懷中。

這味道……哎！除了淳安王還有誰？寧子薰嘆了口氣。她雖然打定主意只是留在他身邊，卻發現自己實在不能淡定的看他走上「歧途」。斷袖什麼的若真發生在淳安王身上，她還……還真有點受不了！

羽箭射在盾牌上發出鏗鏘之聲，白色的帳篷都被箭射得全是窟窿，若真是躲在裡面，估計也成刺蝟了。

直到第三輪攻擊完畢，聽到馬蹄聲越來越近，大家才把護盾放下，拿起各自的武器，準備迎敵。

馬蹄聲來到近處了，淳安王擺手，薛長貴匍匐到前面傳令，只見在營帳前方埋伏好的兵士拉起絆馬索，第二層的兵士們都舉起弩弓……

北狄人的戰馬像旋風般衝到跟前，這時衝在最前面的兵士最倒楣了，被絆馬索絆倒後，再被來不及勒馬的後軍踩在身上，頓時前鋒部隊混成一團。這時無數弩箭又如飛蝗般射去，連人帶馬倒了一大片，前面進攻的路都被堵住了。後面的北狄人見情況不對，大聲喊著向後撤退。

這時，淳安王舉起寶劍喝道：「上馬，迎敵！」

聽到命令後，藏在營地最後面的齊軍紛紛上馬，從營寨東西兩門衝了出去，像兩隻巨大的「翅膀」揮舞著死亡衝向北狄軍隊。

在混亂中，寧子薰也搶到一匹北狄戰馬，翻身爬上去，並拿著撿來的長槍衝進廝殺的人群中。

那個領頭的北狄人最開始十分慌亂，可是當他發現齊軍人數只有當初出征的一半，連他帶領的人馬還是比齊軍多了一倍！於是他鎮定了，站在高處大聲指揮，讓他的副統領帶著後面的部隊衝過去，把齊軍看起來相對薄弱的左翼撕開一個口子，然後與被包圍的前鋒部隊會合，再反包抄齊軍，讓他們左右不能相顧。

雖然聽不懂北狄語，可淳安王也能看懂敵人的戰術安排，他不屑冷笑，叫薛長貴傳令：開門放狗！

北狄頭領見齊兵左翼被撕開，自以為計成，正高興的搓手，突然後面傳來喊殺聲。不知何時，又一隊齊軍竟然神不知鬼不覺的出現在他們背後！

原來齊軍一半人留守營地，另一半人趁著夜色迂迴到北狄人的後方形成合圍。突然出現的齊軍讓北狄頭領徹底暈了……齊軍看起來活跳亂跳，根本一點瘟疫狀況都沒有好不好！他有點想哭……

還好他們北狄人向來打得過就打，打不過就跑。

自從亡了國，這位北狄碩果僅存的皇族血脈也低下了高傲的頭顱，變成了流竄土匪，漸漸的還習慣了這種搶一把就跑的日子。不用治理國家，缺什麼就去搶齊國人，這樣也挺好的。

這次聽說淳安王親征，帶了大票的戰馬和武器，而且還染了瘟疫，他一激動，把全部兵力都投了上來。結果……這次好像要把老本都輸進去了！

淳安王這廝，太狡猾，太可惡了！他咬牙一邊吩咐眾人集中兵力突圍，一邊暗叫手下的神箭手準備。

而此時，淳安王正指揮他的軍隊戰鬥，根本沒發現暗中已有人用毒箭在瞄準他。

一枝白羽箭如流星，箭尖帶著冰冷的寒意和幽藍的毒光穿越戰場，以刁鑽的角度向他的後背飛來！

砰的一聲……淳安王的眼中只剩下震驚，因為寧子薰正砸在自己的後背上，而一枝長箭正插在她的腹部。

「洛菲！」他大聲喊道。

「有狙擊手！」寧子薰費勁的抬起手指著遠方山坡上。

淳安王抱住寧子薰，眯起眼睛望向山上，高聲喝道：「誰能第一個取了北狄三王子納里的人頭，本王就封他為千戶侯！」

一句話群情激奮，兵士們都嗷嗷叫著向山坡衝去。

他懷中的寧子薰突然一個鯉魚打挺跳了起來，像兔子一樣竄上馬，口中竟然還唸唸有詞的說：「靠，千戶侯這麼大的官可不能便宜別人！」

看著她插著一枝箭飛奔的背影，淳安王不由得氣急敗壞的喊道：「洛菲！你給本王回來！」

眼看著齊兵如潮水般攻上山頭，寧子薰突然從馬背上躍起，發揮殭屍的超級彈跳力，踩著人的肩膀、馬匹的額頭飛速奔向山坡。

看見齊軍凶猛進攻，北狄流亡的三王子納里忙命自己的親衛隊掩護後退。不過他突然發現一個黑影如鬼魅般在空中飛躍、正以十分駭人的速度向他接近，他慌忙令弓箭手射向那急奔而來的黑影。

寧子薰輕盈落地，拾起兩面盾牌擋在前面衝向納里，羽箭如蝗，硬生生把盾牌射出無數凹點，還有幾枝穿透盾牌險些射中她。

不過，這種水準的攻擊力對殭屍來說都太弱了，就像一個流氓闖進幼稚園，正一百和負一的戰鬥力，她都提不起精神打了！

轉眼寧子薰已衝到跟前，看著那一雙雙驚恐的眼睛，她平靜的問：「誰是納里？」

冷汗順著臉淌下，心臟狂跳都快蹦出胸腔了，納里才知道自己原來是這麼恐懼。他用力一推身邊的侍衛，說：「殺了他！」

侍衛只得咬牙衝上去，噹的一聲人和武器都飛了出去，好久才在遠處傳來一聲重物落地和慘叫聲。

「一……一起上！」納里咬牙大喊。

幾十個人衝了上去，納里趁此機會剛要逃，突然感覺頭頂的月光暗了下來，一道黑暗截住他的去路。

黑暗中，那張稚嫩的臉彷彿是張人皮面具，裝裹在惡魔身上！

寧子薰聽到滴水的聲音，仔細一看，這傢伙竟然尿失禁了……

她眯起眼睛，輕聲說：「算了，給你個痛快！」

一道寒光閃過，鮮血飛濺。

冷月寒光之下，只見山坡的最高處，一個瘦弱的少年高舉人頭，用所有人都能聽到的聲音吼道：「納里的人頭在此！」

這一聲呼喊讓齊國軍隊軍心大振，而北狄人見失了頭領，無心再戰，潰不成軍。齊軍趁勢掩殺過去，鮮血染紅了黃沙，冷月之下，寂靜的沙漠成了屠戮的地獄。

寧子薰就這樣站在山頂，感受著風中的血腥之氣……這種殺戮的快感充斥著每一個乾癟的細胞。她閉上眼睛感受，任狂風吹撫秀髮，蒼白而稚嫩的面孔在月光下散發著懾人心魄的魔力。

淳安王抬著頭，看著坐在戰馬上、滿身都是飛濺的血痕的她，目不轉睛的凝視著，幽深的眸子似喜似嗔……

寧子薰似乎感受到那灼熱的視線，突然睜開眼睛，很天真的咧著嘴衝他拚命揮手，「王爺、王爺！是我殺了納里的！是我……」

——這個笨蛋！

淳安王轉頭裝沒看見。

這是一場重大的勝利，齊軍退回呼蘭城，所有人都沉浸在喜悅中。為了犒勞軍隊，淳安王命人宰殺五十隻牛、一百隻羊，還有無數美酒，整夜狂歡。

為了祝賀斬敵之首的洛千戶升職，她被兵士們歡呼著拋到半空中……被拋起，落下，拋起，落下。

寧子薰看著夕陽染紅的天空在自己眼中不斷變幻著風景，心情也跟著飛揚了起來……好奇妙啊，在人類的世界，她竟然找到了歸屬感！

這時，不知誰喊了一句：「王爺駕到！」

人群呼啦一聲都散開了，寧子薰咕咚一聲摔在地上。

淳安王……總是在不該來的時候來，不該滾的時候滾！她腹誹著揉了揉屁股。

看到一雙熟悉的黑靴，寧子薰抬起頭，看到淳安王那張冷峻無「霜」的俊臉上竟然掛著微笑，不由得看呆了。

淳安王向她伸出手……半晌，寧子薰還在石化中。淳安王不滿的瞇起眼睛，上前把她拎起來，說：「跟本王走！」

穿過熙攘的人群，淳安王向戰士們點頭致意，喝酒吃肉，歡歌狂舞……這一夜注定不眠。

不過，被拎著的某殭就感覺不怎麼高興了，雖然她不吃肉，可也能喝點酒嘛，幹嘛不讓她跟戰士們狂歡？

到了淳安王的行轅，他才把她放下，而且還叫護衛都出去，說有事要跟洛千戶「密談」。

「王爺，有什麼機密之事明天談不成嗎？好不容易打了勝仗，喝點小酒狂歡一下都不行！」那張稚嫩的面孔不滿的鼓成包子狀。

「誰說本王剝奪你喝酒的權利了？」淳安王瞇起眼睛，從身後變出一壺上好的太禧白來，說：「為了祝賀洛千戶就職，本王請你喝皇上賞賜的御酒！」

「呃……王爺，你不會有什麼陰謀吧？」殭屍的脫線神經突然靈敏起來。

不該傻的時候瞎傻，該傻的時候又不傻了！淳安王雖然很想捏死她，但臉上卻依然不動聲色，嚴肅的說：「你覺得本王能對你這個小小千戶有什麼陰謀？」

寧子薰語塞，垂下頭想對策。

淳安王不給她機會，把酒斟入杯中遞給她，說：「回京後，本王會奏請皇上，給你應有的獎賞。」

「多謝王爺……」順手一揚，居然喝了一杯。

寧子薰咂了咂嘴：這酒味道的確不錯……比菊花釀更好喝！

「不客氣，再來一杯！」淳安王微笑。

看著那張俊美的臉，寧子薰覺得心跳有點加快。為了掩飾窘境，她舉杯一飲而盡。

左一杯，右一杯，寧子薰這個酒量不怎麼樣的殭屍就喝多了。

「王……王爺，你別晃，晃得我頭暈……」

淳安王：「……」

看著桃紅染面的寧子薰，淳安王伸出狼爪用力揉搓著她的臉……表情說不出的奇怪。

寧子薰用力擺脫他的狼爪，不懷好意的盯著他吃吃的笑。

「笑什麼？」淳安王瞇起眼睛不滿的問。

「王爺……你是不是斷袖？」

「嗯？」淳安王的臉有點黑。

「不是，王爺，不是我說的……那群小兔崽子說你要斷袖！」就算在醉中，寧子薰也下意識的為自己開脫——看來對淳安王的恐懼都變成本能了。

「本王斷袖？」淳安王咬牙，上前一下把寧子薰按在懷中……吻了上去！

「唔……唔屋烏霧唔唔……」

翻譯為：你明明就是斷袖好不好！

寧子薰身上軟綿綿的，經過一場大戰，再加上這麼多天都在忙著製藥，之前趕路時也根本沒時間好好曬月亮，剛才又喝了那麼多酒，結果……竟然被淳安王撲倒了。

他似乎打定主意不讓她有反應的機會，舌頭強入她的口中纏綿繾綣，幾乎把她的魂魄都要逗引出來了……

他的手在她身上梭巡遊走，試圖用輕柔的手段挑逗她的敏感部位。先是摸到胸部……一馬平川！他的額頭繃起青筋，不甘心的向下……

「這……是什麼？」淳安王瞇起眼睛，一腦門黑線，用力抓了抓柔軟而又有彈性的東西問道。

嘴部終於得到解放，寧子薰很乾脆的說：「王爺，這是小人的『鳥』！」

「噗……」淳安王噴了。

寧子薰趁勢坐起來死死拉著褲子，口齒不清的說：「你摸我的鳥，你是斷袖，斷袖！」

淳安王咬牙，一把將她推倒，按住她的後背，從後面解開她的褲子，吼道：「本王就斷給你看！」

「啊～～～～好疼！」寧子薰本能的大叫。

彷彿被狂風駭浪拍打，馬上快要翻船的小舟，她被顛簸得快要吐了，不過也終於明白斷袖是怎麼斷的了！

菊花殘，滿地傷……

狂風暴雨結束，一切歸於平靜。淳安王還是霸道的壓著「他」。

「好疼……」寧子薰皺眉。

不過在他聽來有點撒嬌的味道，他嘴角凝著滿足的微笑說：「下次我會輕點。」

寧子薰猛地坐起來，瞪著他說：「沒有下一次！」

淳安王突然把她摟在懷中，輕聲說：「不要再離開我了……求妳。」

寧子薰僵住了……他所說的「再」是什麼意思？他不可能發現的……

這時，外面傳來急切的聲音：「王爺，梅花使到了！」

「梅花使」是淳安王手下的暗衛力量，梅花使一到必然是有非常重要的消息需要他當面做決斷！

淳安王面色一寒，鬆開寧子薰，在她額頭上吻了一下，說：「乖，等我。」

淳安王疾步走到院中，只見一個披著黑斗篷遮擋住面目的人正站在那裡。他瞇起眼睛點了點頭，說：「跟本王來！」

他領著梅花使穿過幽長的走廊，來到一間空房間，淳安王開口道：「出了什麼事？」

那人剛要說話，卻被淳安王止住，他突然打開房門，只見寧子薰正把耳朵貼在門上做偷聽狀……

「回軍營去！」他的臉色十分駭人。

——哼！剛穿上褲子就翻臉不認人～

寧子薰咬著脣，轉身跑了出去。

「說，什麼事！」淳安王冷冷的說。

梅花使說道：「南虞出事了……」

待梅花使走後，淳安王皺眉起身，走到外面，看著滿城狂歡的士兵，他握了握拳，還是傳了命令：停止一切娛樂，馬上休息，明天一早大軍動身返京。

雖然不明白究竟發生了什麼事，可齊軍的士兵們都放下了手中的酒瓶，熄滅篝火，收拾好裝備入帳睡覺。

打了一仗的疲憊再加上狂歡過後，士兵們都睡得十分香甜，這座北狄人遺下的土城陷入了一片安寧之中……

只有一個人沒遵從淳安王的命令，躲在黑暗的巷道裡咕咚咕咚的灌酒……

寧子薰把能找到的最後一瓶酒也喝乾了，狠狠把瓶子摔得粉碎，抹了抹嘴脣。

淳安王這個混蛋竟然吼她……在他們倆剛剛那個之後！

不是說喝醉了就不會想煩心的事嗎？為什麼她越喝卻越揪心？明明想好只留在他身邊，默默看著他就好，為什麼事情卻朝著不可預計的方向發展了？為什麼，她連自己的心都控制不了？

人類的感情真的好玄奧，她不過是個殭屍，不知道人類所謂的喜歡究竟該如何，她只是按著自己的直覺去做。

如果做讓自己快樂的事，就不會痛苦了吧……一直抱著這樣想法的她卻發現自己錯了！

越是在喜歡的人身邊，越是想更多的占有，只想讓他屬於自己……欲壑難平，大概只有這個成語能夠形容此時她對那個男人的欲望吧！

因為喜歡，所以會快樂；因為喜歡，所以更會痛苦……可是，無論如何痛苦，卻依舊不會後悔自己的選擇……這就是深情嗎？

她突然有些頓悟。無論在世人眼中，王嫣那個女人如何壞，可是在七王爺心裡，她永遠都是那個為他買宮外的小玩意兒，對他溫柔微笑的阿姐！他不是不知道王嫣是什麼樣的人，可他寧願為那一縷淺笑、一個溫柔的目光而獻出一切，甚至自己的生命！

「喜歡一個人，就是……可以把生命都交付給他，對嗎？」她沉沉說道。

回答她的只有寂靜……

倚在牆上的身體慢慢滑了下來，倒在一片塵埃之中。

突然一聲巨炮的轟鳴聲劃破夜空的寧靜，正在熟睡中的人都被驚醒，淳安王衝出房間向土城的城樓上跑去。

「發生了什麼事？」他吼道。

放哨的兵士驚慌的回道：「不好了，王爺，四面八方有無數軍隊向土城而來！」

「是不是北狄人反攻來了？」薛長貴一邊繫著鎧甲一邊說。

淳安王跑上城樓，從腰間解下「鷹眼」，向城外觀望……只見烏壓壓的人海向土城湧來，遠處山頭上的火炮正對著城樓開火，本來就已風化嚴重的土城牆哪裡禁得住重炮，很快就被打出個大缺口。

「這絕對不是北狄人！」淳安王咬牙說道。這種重型火炮北狄人根本造不出來！

薛長貴在下面吼著，叫所有人準備武器應敵。城裡亂作一團，剛剛打了大勝仗，整個軍隊身心都已鬆懈了下來，此時再戰，無異於以卵擊石，更何況這「石」還是自家的！

兵士們穿好鎧甲拿著武器衝上城頭，淳安王卻遲遲不發命令，眼看著黑暗中敵軍如潮水湧到城牆之下。

薛長貴急了，說道：「王爺怎麼不吩咐射箭？城中還有些舊屋，可以令人拆了當滾木流石。這土城城牆都快掉渣了，禁不起敵人的進攻啊！！」

淳安王目光沉沉，冷冷說道：「起碼讓本王先看看，敵人究竟是誰！」

待敵軍團團圍住土城，鎧甲、裝備還有那飄揚的旗幟……分明是齊國的軍隊！薛長貴下巴都快掉到地上了！

他忙衝城下大喊：「淳安王在此，不得造次！」

回答他的卻是幾枝冷箭，差點射中他。

城下一員武將喊話道：「有聖旨在此，請淳安王速速下城接旨！」

「王爺，不能去！」薛長貴攔在淳安王前面抽出手中長劍。

「若本王不去，便真要落得個抗旨的罪名。忠翊衛的將士跟隨本王征戰南北，本王怎能讓他們跟自己的同胞血肉相殘？」

此時，淳安王卻異常的平靜，唯有黑暗中的那雙血色狼眸昭顯著危險的怒意。

「開城門！」他整衣下階。

My Zombie Princess

第9章

目標：須連提山

月光的銀輝灑在矗立沙漠的孤城，淳安王一襲黑衣走出城門，黑色的長髮，黑色的衣袍，與夜色融為一體，只有那雙紅寶石般瑰麗的眸子在黑暗中閃著妖異而冰冷的光芒，讓人不禁凜然。

他昂頭目光掃視四周，這些曾經都在他統帥之下的將領和兵士都下意識的低下頭，尤其是大帥王朗……這時，隱在隊伍中的一個熟悉的身影催馬上前。

他下馬，摘下頭盔。

淳安王不由得擰起眉頭，目光越加凌厲。

「王爺，好久不見！」他衝淳安王微微頷首，帶著一絲嘲諷的微笑。

「雲赫揚……原來是你！」淳安王心下了然。

這隻狗終於還是露出了他的本來面目，他根本就是一隻豺狼！

「讓王爺失望了！」他得意的笑道：「不好意思，有些事情沒有按照王爺的心願發展。比如……此時鎮守南疆的已不再是寧侯，還有，皇上身體欠安，太后已經重新垂簾聽政，現在整個大齊的軍隊，除了王爺此時掌管的忠翊衛，已都向太后效忠了！」

「這麼說，南虞之亂也是太后的手筆了？」淳安王不假思索開口說道。

雲赫揚說：「既然王爺知道到了，也應該明白現在自己的立場，是要背負著謀逆的罪名被抓，還是『與北狄人血戰犧牲』，王爺應該會選擇吧？看在城中那些無辜的戰士面上，王爺也應該自行了斷，別再讓齊國將士的血白流。」

淳安王看著雲赫揚，表情平靜得彷彿他們只是在閒談，而不是在說關乎生死存亡的話題，他嘴角還帶著一縷諷笑，問：「雲相，從什麼時候開始決定背叛本王投向太后的呢？」

雲赫揚的眼中滿是陰霾，他說：「就是從明白王爺根本沒有野心稱帝的時候！王爺如果只是想當個攝政王，等到皇上二十歲以後必然會把權力交出去。那臣這隻『淳安王的忠犬』還有什麼價值？當然會被皇上除掉！為了能保住地位，臣只有投靠能更長遠握住權力的人……想必王爺也能理解臣的苦心吧？」

「嗯，本王能理解……就算是狗也會選擇給肉多的主子。」淳安王點頭，說：「如果本王自盡，你是否能保證整個忠翊衛的人毫髮無傷？」

雲赫揚嘴角抽了抽，他是不會跟將死之人計較的！於是說道：「如果忠翊衛的人不反抗，我可以答應這個要求！」

如果除掉淳安王這個最大的威脅，又不用再戰鬥就可以收服大齊最精銳、最能打的王牌勁旅忠翊衛，必然會得到太后的褒獎，雲赫揚又何樂而不為呢？

淳安王抽出長劍緩緩舉起……

卻突然聽到薛長貴一聲怒吼：「弓箭手，放箭！保護王爺！兄弟們，衝啊！」

羽箭齊飛，射向雲赫揚的軍隊，而城中的士兵早已衝了出來奔向淳安王。一瞬間，城上城下亂成一團。

雲赫揚見狀已顧不上其他，忙對王朗喝道：「你還不上前擒反賊！」

王朗一愣，咬牙舉槍衝向淳安王。此時局勢已失去控制，淳安王皺眉舉劍相迎，與王朗戰在一處。

薛長貴率領忠翊衛的騎兵已經衝到淳安王面前，他大聲喊道：「忠翊衛與王爺同生共死！屬下帶人殺出一條血路保王爺逃出去！」

淳安王想說什麼，終究沒說出口……他緊抿雙脣，眼中只剩下感動。

薛長貴舉刀奮力拚殺，想要突圍。

雲赫揚咬牙，衝著王朗怒吼：「如果你讓淳安王逃了，就等著回去替你家眷子女收屍吧！」

王朗猶豫了一下，狠狠咬住脣，提馬衝了上去攔住薛長貴，與他廝殺起來。

而四面八方的軍隊也都向忠翊衛這支突圍的隊伍壓來，把他們團團圍住。

突然，一道黑影如鬼魅般朝著淳安王的方向飛過來……

這……是什麼東西？眾人都愣住了。

可是這東西一落地，馬上就踹倒了雲赫揚三名戰將。戰馬的肋骨都被踹折了，嗚嗚叫著就是站不起來，騎馬的人也被馬的重量壓斷了腿，爬不起來，躺在地上呻吟不已。

所有人都被這個從天而降的怪人震住了。

不過，這個怪人一開口卻讓雲赫揚差點掉下馬。

「你……為何化妝成雲相那個包子臉？」

「本人正是雲赫揚，你是什麼人？」雲赫揚的包子臉繃得更緊了。

「呃……我是新升遷的洛千戶！」

雲赫揚翻了個白眼，此人腦子一定有病，小小一個千戶竟然不報全名，還以為自己是多大的官啊？

淳安王揚起嘴角，瞇著眼睛說：「你來得太晚了！」

「對不起王爺，剛好趕上看到您自殺的英姿……」

淳安王：「……」

不得不說，寧子薰現在還有點腳軟，她的酒量和力量真是成反比啊。

「哼，小小千戶而已，不過輕功好些，有何可懼！」這時，雲赫揚隊伍中一員戰將李勳不屑的哼道。

寧子薰穩住搖搖晃晃的身體，說：「你們也是齊國人，為什麼要自相殘殺？淳安王為了保護齊國的安危南征北戰，為什麼最後還要落得自殺的地步？淳安王可以沒有齊國，而齊國卻不能沒有淳安王！如果沒有他，你們的家人哪裡還有安穩的太平日子？早被北狄鐵騎踏破都城了！」

這話說得許多士兵都無言垂首。

雲赫揚見軍心動搖，忙喝道：「你們還不擒下反賊！」

李勳大喝一聲，催馬衝向赤手空拳的寧子薰……一場廝殺又開始了。

不過，那個李勳根本不是寧子薰的對手，面對一個猴子般上竄下跳又力大無窮的傢伙，他手中的大刀再長，也是不夠用。

雲赫揚看到這個詭異的少年，突然覺得他的身形很熟悉，卻又想不起來在何處見過他。但可以肯定的是李勳打不過他，於是雲赫揚示意左右，又衝上去三個武將揮著武器把他圍在中間。

寧子薰並不在意，輕盈一躍便脫開他們的包圍。她在戰場上跳進跳出，引得那些武將像傻狗一樣跟著她跑。

跳著跳著她好像沒勁了，於是又返身向城中逃竄，武將們看她力竭逃遁，不由得面露喜色，催馬追了進去。

雲赫揚也捋鬍子微笑……然而，這笑容沒有維持多久，只見四名武將臉上都是恐懼的神情，玩命的從城門狂奔而出，後面，寧子薰舉著三人多高的廟裡神像正追出來。

「噗——」雲赫揚噴了，不過他也終於想起這娃像誰了！

眼看追不上了，寧子薰把神像躺放在地上，兩隻手比在眼前像是在瞄準，然後又挪了挪神像的位置。接著她揚起一腳……在巨大的力量作用下，神像飛速滾向那四個人！

「保齡球」正中目標，四匹馬加四個人都被神像壓成了肉餅，連帶著壓死無數兵士。

看著所有人瞠目結舌的表情，寧子薰「羞澀」一笑……誰讓這四個傻子逃跑都不知道分散開來，跟保齡球一樣整齊的排成一排。

雲赫揚快瘋了，淳安王在哪找了這麼多「大力神」？死了一個還有！

「圍住他！圍住他！我就不信他能一直這麼大力氣！」雲赫揚用的是人海戰術，打不死你也要累死你。

淳安王看著烏壓壓的人群把那單薄的身影圍得看不到，一波一波的攻擊，一片一片的屍體很快就在她的周圍堆壘成屍山。

雲赫揚說得沒錯，即便是殭屍，也有力竭的時候，更何況她連日奔波，根本沒有機會好好修煉。

寧子薰覺得自己的手在顫抖，作為戰士，她知道何時攻擊，何時撤退，如何才能最好的保存實力。就像上次北狄人占領都城，她就很輕鬆的說：「那我們投降吧。」

可是這一次，她不能！她要讓淳安王活著逃出去！

她衝著雲赫揚大喊道：「笨蛋雲包子，過來抓大爺啊！」

雲赫揚翻了個白眼，這種聲東擊西太明顯了吧！他對幾名武將說：「這小子快不行了，你們去抓住他！」

幾個人縱馬衝上去。寧子薰抬起頭衝薛長貴喊道：「帶王爺衝出去！」然後又埋首人海之中。

好累……寧子薰握著搶來的長槍的手在顫抖，呼吸越來越急促，力量越來越薄弱，眼前的景物變得模糊，只有身體下意識在躲避危險。

眼前一道銀光，長劍已到面前。她用槍架住，突然腦後傳來風聲……可她已分身乏術了！

正在這時，突然有人撞在她的後背上……

她回頭，只見淳安王靠著她，一柄長劍刺在他的左胸。

「王爺！」她長槍用力穿透對手，回過頭扶住淳安王。

鮮血染紅了她的雙手，汩汩而出的血液還帶著溫熱的感覺，那柄長劍正中心臟位置，寧子薰的心猛地一緊……

「子薰……」淳安王的手顫抖著伸過去撫在她的臉上，因為痛苦而緊鎖著眉頭，一縷鮮紅的血自嘴角蜿蜒而下，然而他眼中卻是帶著笑意的，就像每天清晨醒來，他輕吻她的唇、喚她子薰時一樣，溫暖而深情。

「你……認出我了？」寧子薰覺得眼睛好酸，酸得她不得不用力眨，這樣才不會讓視線變得模糊，才不會讓眼中的淚水流出來。

他似乎用盡了全部力氣才讓握住她的手，微笑著說：「笨蛋，這張臉根本不適合妳！」

「那我去問問玄道長，可不可以換一張能配得上王爺的傾國傾城的美人臉。」說完這句話，她眼前早已模糊成一片。

「好……」他的眼睛彷彿越來越沉。

此時，薛長貴也率人衝了過來，看到此景，目眥欲裂，不禁大吼：「王爺！」

淳安王努力睜開眼睛，咬牙對他說道：「投降！命令忠翊衛放下武器，不要再做無謂的犧牲了！」

薛長貴瘋了一般喊道：「不，忠翊衛就是全死光也不投降！我們要替王爺報仇！」

「薛長貴！」淳安王突然奮力坐了起來，捂著早已浸透鮮血的胸口，喝道：「這是本王最後一道命令！投降！不能再多死一個人了！聽到沒有！」

薛長貴望著他，手中的大刀匡噹一聲掉在地上，他跪在那裡，失聲痛哭……

整個忠翊衛都放下武器，朝著淳安王的方向跪拜。不知是誰領頭，眾人唱起了每次出征忠翊衛都會唱的軍歌——

「朗朗乾坤，男兒熱血，浩浩蒼穹，佑我大齊。壯士飲盡碗中酒，千里征途不回頭。金鼓齊鳴萬眾吼，不破敵虜誓不休……」

聲聲如泣如訴，彷彿是為淳安王送行。

那些千里襲來，卻把刀尖對準與北狄人大戰後疲憊不堪的同胞的齊國兵士們，也不禁羞愧難當，垂下頭顱。

淳安王似乎很滿足，嘴角噙著一絲安靜的微笑。他輕輕握住寧子薰的手，說：「帶我離開，我不想死在這裡。」

寧子薰緊咬嘴唇，把淳安王抱起來，他身下的黃沙早已被血染成一片暗紅色，怵目驚心。她環顧四周……雲赫揚得意的冷笑，王朗慚愧的表情，薛大鬍子和忠翊衛兄弟們泣然的歌聲都印在了她的腦海。

「西北……谷山。」淳安王目光望向遠處險峻的山峰，用只有他們兩人能聽到的聲音說完就闔上了雙目。

「蒼舒……」寧子薰咬著嘴唇。

她望見西北方那座雄壯的高山，覺得英雄應該埋在那裡。

寧子薰的力量已經快用盡了，恐怕能逃出去都不易，於是她把一直掛在脖子上的那塊血精含在口中用力咬碎。玄隱子曾告訴過她，血精乃是血之精魄，在關鍵的時候可以救她一命，沒想到今天終於用上了！

血精中有液體緩緩滲出，寧子薰咬牙抱緊淳安王奮力躍起，像一隻受傷的鳥搖搖欲墜的衝向天空。

雲赫揚見狀不禁大吼：「不能讓他逃走！快，快射箭！」

不知是不是錯覺，許多弓箭手都遲了半拍才舉弓，無數的箭密如雲霧，在她腳下飛過，而他們兩個人早已脫離了羽箭能達到的射程……

這一跳便跳出了包圍圈，寧子薰落在地上，又重新起跳，在夜色的掩護下直奔西北。

「一幫蠢材、廢物！還不快追！」雲赫揚氣急敗壞，用馬鞭抽向身邊的兵士。

那士兵身上登時被抽出一道血痕，可他卻毫不躲避，眼中噴薄著憤怒，說：「淳安王不是已經死了嗎？雲相還想怎樣！」

雲赫揚見狀更加怒火中燒，這幫士兵分明還對淳安王有所同情，如果不加以管束還得了？他咬牙道：「死也要割下首級！你竟敢向著那逆賊，是何居心！不想活了？」

然而，下一秒抽向士兵的鞭子卻被人用力攥住，雲赫揚回頭，正對上王朗隱隱露出怒意的面孔，他說：「末將會派人去追，兵士也是人，請雲大人高抬貴手！」

手腕傳來快要斷掉的痛楚，雲赫揚咬牙甩開，低聲說：「那你還不去追？別忘記了你家眷還在太后手中！」

王朗垂下眸子，催馬帶著五千鐵甲奔向西北方……

◎※※※◎※※※◎※※※◎

寧子薰解下外衣把淳安王的傷口包住，因為不斷流下的鮮血會給追兵留下痕跡。然後她把自己的靴子用力拋向相反的方向，抱起淳安王繼續向山巔奔去。

在山頂背風的地方，寧子薰輕輕把他放在一塊平坦的巨石上，身體無力的軟軟跪在地上……這個渾蛋！明明認出她了居然還這樣對她！人類的生命原本短暫，她只想陪在他身邊，可是他居然連這麼卑微的奢求都不肯滿足她。

她的手輕輕撫摸著他俊美的面容，輕聲道：「渾蛋……你是個從來都一意孤行的渾蛋！」

「咳～如果這個渾蛋還想求妳做一件事，妳會不會拒絕？」淳安王突然捂著胸探身起子，胸前的長劍還半沒在心臟的位置。

寧子薰嚇了一跳，看樣子並不是屍變……不過，人類有這麼強嗎？心臟被穿透還能挺這麼久？

淳安王雖然未死，但是也能看出傷得極重，他喘息著說：「幫我摘一片樹葉行嗎？要扁長的。」

寧子薰張了張嘴，不過還是按著他所說的摘了幾片不同樣子的樹葉。

淳安王一手扶著胸前的長劍，一手把樹葉按在脣邊，吹出極有節奏、類似鳥鳴的長短音。他重複著吹了三遍，寧子薰便聽到有極快的腳步聲朝他們的方向而來。

此時天色已微亮，茂密的樹叢搖曳，寧子薰看到了熟悉的灰色道袍——竟然是玄隱子！

「玄道長，你這麼多天跑哪去了？知不知道我多擔心你！」寧子薰上前抓住玄隱子肩膀用力搖晃。

玄隱子告饒：「喂喂～我這老胳膊老腿再晃就散架子了！」

「那你怎麼會出現在這？」寧子薰問。

玄隱子嘆了口氣，「我被太后的人抓去關在地牢，是馬公公救了我。」

寧子薰突然想起什麼，用死魚瞪他道：「我的身分也是你告密的？」

「咳咳……」玄隱子捂著嘴咳了兩聲，沒敢說淳安王手下的人都心黑手狠，他若不交代，估計小命早沒了！

玄隱子馬上轉移話題道：「幸虧本道爺在這，否則誰為淳安王治傷！快點先看看他的傷口吧！」

寧子薰當然擔心，淳安王的傷真是不輕，古代人類的落後醫療能不能保住他的性命還是未知數……

玄隱子走上前看著淳安王胸前的長劍，皺緊了眉頭，他解下腰間葫蘆，用酒洗手，然後撕開淳安王的衣服。他把道袍的袖子扯下來，揉成一團遞給淳安王，說：「塞在嘴裡，一會兒拔劍會很疼！」

「不要……髒！」淳安王咬著蒼白的脣說。

「如果你不怕咬斷自己的舌頭的話。」玄隱子瞪了他一眼……都什麼時候了還傲嬌！

淳安王目光轉向寧子薰，瞇著眼睛說：「妳的衣服，借本王用！」

就算是殭屍，也不禁臉紅心跳了！

看著兩個不分場地打情罵俏的傢伙，玄隱子咳了一聲：「喂，還有出家人在場，不要肉麻好不好！」

「反正本王不會把髒道袍塞進嘴裡。」淳安王一副「寧可疼死算了」的表情。

寧子薰翻了個白眼，扯下自己的袖子布揉成一團，走到淳安王面前。

淳安王：「啊……」

寧子薰滿頭黑線：又不是餵吃的，啊什麼啊！

她把布團塞進淳安王嘴裡。

玄隱子對淳安王說：「我數三聲，然後就拔，你忍著點！」

淳安王點點頭，平躺在巨石上。

「等……等一下！」寧子薰擔憂的看著玄隱子，說：「他會不會有事？」

玄隱子淡然的說：「如果是別人可能早死了。淳安王的話……若不感染，應該沒事。」

看著寧子薰一臉問號，淳安王拿出布團，說道：「那次玄道長為本王號脈，告訴本王，原來本王的心臟與常人不同，是長在右邊的。」

心臟長在右邊的人類機率是幾百萬分之一，沒想到淳安王竟然會是鏡相人！

「等一下！」寧子薰皺著眉頭思索半天，看著淳安王說：「你知道自己的心臟長在右邊，那在戰場上自盡根本就是你在演戲？」

淳安王很艱難的擠出一絲笑容，說：「難道妳以為本王會死在雲赫揚手裡？為了保存忠翊衛，本王只好演這齣戲給他看了。」

寧子薰咬牙吼道：「你這個渾蛋！裝死這麼冒險的事情實在是太危險了！」

「不是有妳在嗎……」淳安王平靜的看著她，說：「我知道，妳一定會來救我的。」

寧子薰愣住了，呆呆的看著他，這熟悉的表情讓淳安王感覺安心而舒服。

玄隱子吁了口氣，說：「我開始數了……一！」

「啊——」淳安王疼得大叫一聲，布團掉在地上，不過劍已被拔了出來。

「你不是說數到三嗎？」淳安王額頭布滿細密的汗珠，顫聲道。

「是啊，我是說數三聲，又沒說數到幾拔劍。」玄隱子翻了個白眼，「如果我數到三，你有了準備，肌肉緊繃拔劍時會更疼！」

玄隱子從袖子裡掏出一方絲帕捂住傷口，對寧子薰說：「妳過來替他捂住，我要把針烤烤替他縫合傷口。」

寧子薰用力按住絲帕，不過血很快就把絲帕浸紅了。因為失血過多，淳安王躺在巨石上已近昏迷，可是他的手卻緊緊握住寧子薰的手，彷彿怕她消失掉一樣。

「堅持住！」寧子薰說。

身為戰士，她曾經歷過無數次生死考驗，也曾失去無數並肩作戰的戰友……可對於殭屍來說，生命不過是為了證明屍族的榮耀，為了自由平等的世界，死亡是光榮的，不需要哭泣和懷念這些人類虛偽的表達。她也曾經認為，死亡是戰士最高的榮譽。可是現在，她卻膽怯了，她害怕死亡會把他們分開！

天空泛起了魚肚白，一絲光亮從山坳中升起，風入樹林颯颯而響……她就這樣靜靜的坐在他身邊，感覺著他的呼吸和溫度。

玄隱子攏起枯葉燃起火來，烤好鋼針，用魚絲線為淳安王縫合傷口，大概是早已計算好位置，淳安王雖然被劍刺傷，卻並未傷到重要血脈，縫好傷口便不再流血了。寧子薰扯下裹胸中間比較乾淨的一段替他包好傷口，淳安王便沉沉睡去了。

看著他安靜的睡顏，寧子薰覺得無比安心，想要站起來鬆鬆筋骨，卻發現他的手還緊緊攥著她的，無論如何也不肯鬆開。她只得搖搖頭，又坐了下來。

玄隱子坐在火堆前烤紅薯，樹枝在火中發出劈啪聲。

他抬起頭望向寧子薰，道：「妳可知何為讖緯？」

「讖緯……不知道！」寧子薰回答得很乾脆。

「圖讖於天下！讖緯就是利用強大的靈力對未來天下大事做出預言，讓世界按著未來的規律發展，我們靈仙派就是為守護這個世界的未來而存在的。」玄隱子說。

寧子薰不禁皺眉回道：「用預言決定未來這麼不可靠的事，是誰想出來的？太草率了吧？命運和未來都是自己決定，為什麼要聽別人的？這不符合科學和邏輯。」

玄隱子凝視著她，緩緩開口：「科學和邏輯不是這個世界的秩序，我師兄就是因為用讖緯之術預言到了未來的變化，才會如此鬼迷心竅的要追隨笁太后。只可惜他忘記了師父的警告，絕對不能利用所知的預言做任何謀利的事，否則必遭天譴！他為自己做過的事付出了沉重的代價……」

寧子薰瞇起眼睛握拳道：「他死了嗎？」

玄隱子點了點頭，「他死了，不過讖緯預言卻流傳了下來……地湧金魚，三國歸一！他認為這個預言是應在竺太后身上，所以才會如此幫她。」

寧子薰搖了搖頭回道：「這些事情我不懂，我只想保護蒼舒。可是……我卻總是讓他受傷。有時我也在想，如果我沒出現在這個世界上，是不是更好……」

這時，她被握著的手上傳來疼感，頭頂上也飄來淳安王聽起來十分不悅的聲音：「不許胡說！」

她抬起頭，看到那雙略顯疲憊的星眸。那雙眼睛裡滿滿的都是她的身影……

「我吵醒你了？」她小聲說。

「過來……」他把她拉向自己的懷中，依舊霸道。

寧子薰掙扎，看了一眼玄隱子。

淳安王挑眉，說：「下面的場景出家人不宜觀看，玄道長你可以迴避了！」

玄隱子咳了一聲，撿起地上的頭盔說：「我去洗乾淨，再捉兩尾魚煮點湯，估計得一個時辰……一會兒紅薯熟了記得從火堆裡撿出來！」說完逃也似的消失在密林中。

淳安王手臂一帶，寧子薰撲進他的懷中。不過她怕壓到他的傷口，很小心的用胳膊撐住，輕輕把頭靠在他的身側。

「對不起……」淳安王輕聲說：「讓妳受了這麼多苦。」

寧子薰咬了咬脣，還是鼓起勇氣問道：「你不介意嗎？我……我不是人類，而是殭屍！」

「介意！介意得要死！」淳安王瞇著眼睛說。

他看到寧子薰下意識的向後縮，便用手攬住她的纖腰讓他們的軀體緊緊貼在一起，輕笑道：「介意妳比我活得久，萬一我老了，妳還是這麼青春美貌，別的男人一定會惦記上的！」

寧子薰驚訝的張著嘴，當場石化。她怎麼可能想到冰山王竟然會說這種肉麻的話？他……真的不介意自己是殭屍？

看到她呆呆的樣子，淳安王上前用力吻住她的嘴，輾轉反覆，凶惡的像是要把她整個人都吞進肚子。

寧子薰的腦子裡一片空白，此時她就像一片樹葉在狂風中飄蕩著……不知過了多久才落在地上。

看著被他吻得通紅的脣，桃花般的面頰，還有那雙含羞帶怯的眸子，他的心情稍稍平復，在軍營中只能看不能摸的那種折磨才得以補償。他捏著寧子薰有點嬰兒肥的臉，說：「我喜歡的就是妳！無論妳是什麼。就算我老了，妳也不許移情別戀，喜歡上其他男人，知道嗎！」

這個男人居然吃這種無聊的飛醋！

兩個人躺在巨石上，看著天空越來越明亮，蔚藍的天幕上飄浮著幾朵白雲，晨光灑向他們，溫暖而舒服……

寧子薰不禁說道：「我們要是一直能這樣生活在山裡該多好啊！」

她感覺到了淳安王身體一震，半天，他開口道：「寧子薰，妳知道嗎？元皓現在十分危險……我不能不管他！」

正在這時，玄隱子從樹林裡鑽了出來，拎著兩隻魚，笑呵呵的說：「哎，有好吃的了！」

「你不是一個時辰才回來嗎？快點消失！」兩個人異口同聲的說。

這兩個傢伙……玄隱子撫額頭上的黑線，「貧道就知道你們忘記撿紅薯！」說完，把火堆中的紅薯用樹枝串好，又消失在樹林中。

兩人又溫存片刻，寧子薰輕輕摸他的額頭，焦急的說：「快躺下，你發燒了！」然後把外衣脫下來蓋在他身上。

她解下纏在腰間的腰帶，裡面裹著一支青黴素藥劑和鋼針羽管。還好當初她有藏了三支，是怕自己得「殭屍皮膚病」而留的，此時正好有了大用處！

她替淳安王打過針，他便沉沉睡去。

過一會兒，玄隱子才慢悠悠的端著一鍋煮好的魚湯走上峰頂。

「他發燒了，我替他打了一針，一會兒等他醒了再餵些魚湯吧。」寧子薰折著枯枝投入火中，聲音越發有氣無力。

玄隱子丟了塊東西給她，說道：「妳也神疲力乏了吧？就算是殭屍也是有極限的，莫要自己先垮下去！」

寧子薰展開手掌，原來玄隱子給她的是「玄魄」。以前她餓的時候，小瑜也曾特意跑到玄隱子那裡為她取來，看來玄隱子的那點存貨都用在她身上了。

她把玄魄放在口中，靠在石頭上緩緩恢復體力。

直到月升長空，淳安王才醒來，準確的說是被餓醒的。

他的臉色蒼白如紙，劍眉攏聚如峰，凝著山一般沉重的愁緒。

玄隱子道：「王爺，也該吃點東西了，本來身體就虛弱。」

他冷笑道：「現在已經沒有淳安王了！還是叫我蒼舒吧！」

寧子薰板著臉把湯舉到他嘴邊，說：「喝！先保住自己的生命才能去救他們。」

蒼舒抬起頭看向寧子薰，這個非人類眼中沒有一絲被挫折擊敗的沮喪和憤怒，如一汪秋水，浩渺無波，雖然平靜卻蘊藏著無邊的力量，瞬間撫平了他的混亂和不安……

他接過來，大口大口的喝著魚湯，寧子薰又幫他剝了兩個烤紅薯。

看著蒼舒狼吞虎嚥被噎到的樣子，寧子薰輕輕拍著他的後背……突然在身後抱住他，輕聲在耳邊說：「蒼舒……一定要堅持下去！我們會救回元皓、馬公公他們，不會讓我們珍視的人再受到傷害！相信我，我們一定能做到！」

他沒有說話，夜色中那雙血眸泛起一絲波光……他轉過頭，不願讓人看到。

眼前這個女人，用無比堅定的目光讓他平靜了下來。直到此刻他才發現……原來，他的生命中已經不能沒有她！她已滿滿的占據了他的心，他的生命已經不能沒有她了！

他覺得自己是幸運的，無情無心、冷血冷酷的他，竟然能得到她的真心。她不是人類，卻用著比人類更炙熱的感情來溫暖他，讓他這座冰山都不禁融化。對他來說，她才是這世界最珍貴的寶藏！

他伸出手，緊緊抱住她，說：「寧子薰，我愛妳！」

寧子薰驚訝的看著他。

他衝玄隱子挑了挑眉，意思說：你老人家還想繼續圍觀嗎？

玄隱子翻了個白眼，極不情願的離開溫暖的火堆，鑽直樹林，走得遠了還能聽到他絮絮叨叨的聲音：「世風日下啊……現在的年輕人，怎麼成天把情啊愛啊掛在嘴邊，也不嫌肉酸……」

篝火映紅了蒼舒的眼睛，他深情的看著寧子薰說：「寧子薰，我愛妳，這輩子只愛妳一個女人！」

「愛……究竟是什麼？」寧子薰怯怯的問。她的心跳得好快，看著他的眼睛彷彿要被吸進去一般。

「愛……就是，比喜歡還要喜歡，想和對方永遠在一起。可以為對方付出一切，哪怕是生命！」

寧子薰認真的看著他，緩緩說道：「我想要永遠和你在一起，哪怕只是默默的看著你，都會覺得很幸福。」

「我愛妳，寧子薰！」他抱緊她。

「我也愛你，蒼舒！」她也緊緊抱住他，大聲喊道。

彷彿在向世界宣告，在這一刻，寧子薰終於明白了人類的感情，她才知道，原來她願意用生命守護的東西是什麼。她愛這個男人，要永遠永遠和他在一起……

回聲震盪著山谷，樹林中簌簌落下葉片，夜鳥拍打著翅膀飛入星空。

不過，從樹林裡鑽出的老道卻不怎麼讓人賞心悅目，他氣急敗壞的說：「你們想讓敵人找到是不是？」

蒼舒瞇起眼睛，低下頭吻上寧子薰的脣。

玄隱子馬上轉身叨咕著：「三清聖師，非禮勿視，非禮勿視……」

◎※※※◎※※※◎※※※◎

經過幾天的休養，蒼舒好了許多，他把自己的計畫對寧子薰說：「這裡離戰場還是不夠遠，如果雲赫揚撒開人馬四處搜尋，也很容易找到蛛絲馬跡。我們明早便出發，一路向西……去須連提山！」

「須連提山？為什麼去那裡？我們應該去京城救元皓！」寧子薰說。

蒼舒眺起眼睛，說：「我們赤手空拳，就這三人去京城，簡直就是送死。」

「那我們去須連提山又有什麼好處？」寧子薰不解的問。

蒼舒抬起頭，望向星空，淡然道：「須連提山，乃是朱璃氏的發源地。天下人皆知朱璃氏乃馬賊出身，最終得了中原，建立大齊。而那片荒蕪蒼涼的山野便被人們遺忘在歷史中了。須連提山一直都有山賊，而朝廷卻從未興兵剿滅，為何？」

比較熟悉歷史的玄隱子不由得眉梢一跳，驚訝的看著他，「難道……」

蒼舒闔目，說：「進而天下，退而須連。這就是太祖皇帝用馬賊的智慧為後代留下的最後一步退路！如果齊國受到滅頂之災，朱璃氏到了最危急的時刻，沒有了退路便可回須連提山，那裡一直未曾被剿滅的山賊，其實都是當年最忠於朱璃氏的馬賊後代。只要拿著朱璃氏的兵符，便可調動人馬，做最後一搏！」

寧子薰卻握緊他的手，問：「你的兵符究竟在哪裡？我在王府找了這麼久，都沒找到過。」

蒼舒挑眉，拔下頭上狼首烏木簪……

寧子薰臉垮了下來，「不會吧，兵符不應該是金屬鑄成的嗎？而且也不是老虎的形狀！」

「誰說兵符就一定要固定形態？」蒼舒輕按狼頭，狼嘴開合，裡面吐出一顆指甲大的血紅色珠印。

「明天，我們出發，目的地——須連提山！」寧子薰低聲說，聲音卻帶著無比的堅定。

My Zombie Princess

第10章

大结局

天色剛剛泛起魚肚白，三人就起身，踩滅了火堆，掩蓋痕跡，整理好行裝準備出發。

淳安王身體還很虛弱，玄隱子削了根樹枝給他當楞杖。剛剛走到半山腰，寧子薰身體一僵，急忙用手勢止住他們兩人的行動。

殭屍靈敏的嗅覺和聽覺告訴她，山下有一大波人類正在入侵……一定是雲包子的人馬搜山來了！他們三人根本不可能從千軍萬馬的軍隊中逃出去！淳安王是拯救齊國唯一的希望，只有他才能制止太后、救出元皓，絕對不能讓他被雲包子抓住！

「玄道長！」寧子薰面色嚴峻的看著他，說：「我去引開追兵，你帶蒼舒逃出去！」

「不行！」淳安王捂著胸口，因為激動眼睛變得一片血色。

寧子薰望著他，用手輕輕的撫著他的面頰，「齊國不能沒有你，元皓不能沒有你，而我……更不能沒有你！你放心，我不會死的。而你，要拯救這個國家，因為你是淳安王！」

說完，她踮起腳，輕輕的在他脣上吻了一下。不等他說一句話，她轉身飛縱而去……她不敢回頭，怕眼淚會流出來。

寧子薰朝相反的方向跑去，迎著清晨的霞光，林間斑駁的光影為她穿上斑斕的彩衣，她故意在樹梢間跳躍，驚得鳥兒飛出密林。

不一時，她就感覺到人類都朝著她的方向追來。

多爭取一些時間，就能讓蒼舒和玄道長逃跑的希望更大一些……她咬牙朝山中跑去。

整整兩天兩夜，就算她是殭屍，也支撐不住了。她筋疲力盡的倒在枯葉覆蓋的小溪邊喘息著……

「哼~妳倒是跑啊！」雲包子背著手走到寧子薰身邊，用腳狠狠踩住她的手腕。

寧子薰一抬手把他掀了個狗啃屎，雲包子爬起身、一抹臉上的爛葉，走到她面前仔細看了看，突然伸手扯起那假面具翹起的邊猛地一拉……

「果然是『已故』的寧王妃啊！」他冷笑道：「把她給我綁起來！」

寧子薰沒有反抗，她被人拉起來用麻繩綁成了粽子。

「說，淳安王在哪？」雲包子捏住她的下巴問。

「死了……我親手把他埋葬的。」若不是覺得髒，她很想一口咬掉眼前那隻胡蘿蔔手。

雲包子挑了挑眉，說：「死了?妳騙誰呢，帶我去找屍體！」

「這麼大的林子，我怎麼記得？」寧子薰別過頭去。

「看來不用點手段妳是不招啊！」雲包子示意手下。

幾個壯漢拎著鞭子走了過來。

「啪——」

帶著倒刺的蟒皮鞭子狠狠抽在寧子薰身上，黑色的血順著麻繩縫隙流了下來。

「聽說寧王妃很厲害，這種程度的刑罰根本不算什麼，繼續……」雲包子一展袍袖，身後早有人拿來交椅，他坐了下去，嘴角帶著殘忍的微笑。

鞭聲接連不斷迴響在半空中，驚得林中鳥兒撲拉拉亂飛起來。

寧子薰只覺得眼前的景物漸漸模糊起來……

——蒼舒，對不起，我大概堅持不到再見你的那天了……

「住手！」

突然一聲斷喝，四周的人都停住了。

——這聲音……好熟悉……

寧子薰很想睜開眼睛看看，可是眼皮卻像有千斤重似的，怎麼也抬不起來。

只覺得有人急速的走到她跟前，解開繩索，她像一具木偶倒在那人懷中，一動也不能動。

◎※※※◎※※※◎※※※◎

不知過了多久，寧子薰只覺自己在搖搖晃晃的馬車上，身體一點力量都沒有，連手指也抬不起來。

有人輕輕把她抱起來，身上還蓋了厚厚的絨毯，走過冗長的走廊，來到一間散發著薰香的屋子。寧子薰身子一鬆，雖然睜不開眼睛，她卻知道抓她的人沒有敵意。如果真想要她的命，只怕她早就死八百回了！

她被放在柔軟的床上，不知過了多久，她終於恢復了神智，睜開眼睛，模糊的影像在眼前一點點清晰……

一張熟悉的人類面孔出現在她面前，驚喜、委屈和久別重逢的激動如潮水般衝破了閘門。她撲上去抱住他，「小瑜……真的是你嗎？」

他沒有回答，只是緊緊抱住她，彷彿要把她嵌進自己的身體。

激動過後，寧子薰才清醒過來，打量四周，不由得驚呆了……這裡……這裡不是淳安王府嗎？原來她已身在京城了！

寧子薰打量小瑜，此時的小瑜已然不再是道士或小丫鬟的打扮。他穿著月白色織金長衣，上面繡著一隻麒麟，踏著祥雲霧靄，瑞氣千條，蕩在廣袖和衣襬之間。精美的金銀絲線綴著異彩珍珠穿插其間，閃著耀眼光芒，繡此衣服定然要耗費奢靡。

腰間七寶攢珠金鬧裝是用七種避水火金木的異寶奇石鑲嵌打造而成的，端得世間少有，就連不怎麼識貨的寧子薰都深感晃瞎了她的鈦合金殭屍眼！

這小子以前就喜歡礦石結晶體，看樣子這回終於發財了。

此時他已與那個動不動就臉紅生氣的彆扭小道士的形象相去甚遠，只是那美得驚心動魄的面孔還是與記憶中一樣，未有改變。

他緊緊的握著她的手，目光彷彿是看失而復得的寶物，剛想開口，又掃視周圍伺候的人，說道：「你們且先退下。」

「是，禹侯！」黑衣人應命而退。

寧子薰驚訝的看著他，重複著別人的話：「禹侯？！」

小瑜淡淡的看著她，不悲不喜。他說：「我現在是齊國禹侯。太后已向天下昭告了我的身分，我是南虞先帝流落在外的皇長子，竺禹流。」

「為什麼？你怎麼會是南虞的皇子？為什麼你要幫著太后？元皓在哪？」寧子薰急著問出一連串問題。

小瑜垂著眸子，咬了咬牙，才道：「我……是太后與她兄長——南虞皇帝的私生子。妳一定覺得我很骯髒吧！」

寧子薰側頭，說：「你是誰生的很重要嗎？小瑜就是小瑜啊！」

對殭屍來說，亂倫、私通、醜聞這些人類的道德規範都是浮雲。她不會因此覺得小瑜汙穢不堪，她只是在乎小瑜是不是以前的小瑜。

小瑜緊緊的摟住寧子薰……對他來說，她就是這個世界上最珍貴的寶物，他絕對不會再放手了！

寧子薰不滿的推開他，說：「只因為太后是你親娘，所以你就幫著太后對付我和蒼舒？」

還沒等她說出口，已被小瑜捂住了嘴。他眼中現出幾許怒意，說：「不許妳叫他名字！對我來說，太后只是太后。我對付淳安王是因為我恨他！我恨不得親手殺了他！」

寧子薰沉默了，她不能告訴小瑜，蒼舒還活著。她要為蒼舒拖延更多的時間，並且替他保護重要的人。

「元皓和馬公公呢？他們怎麼樣了，沒受傷吧？」寧子薰問。

小瑜看上去似乎更加不悅，冷冷的看著她說：「我『失蹤』了那麼久，妳都不問一句，卻滿心都只想著別人……妳真的是寧子薰嗎？」

寧子薰張了張嘴，心中湧起愧疚之意……她不是不關心他，而是看到他完好無損的站在面前，心中自然要牽掛那些看不到的人。

「……對不起，小瑜。你是我第一個認識的人類，也是對我最好的人類，我永遠都不會忘記你對我的好。只是……你為何這麼恨淳安王？你不是一心想當道士嗎？怎麼會對權力有興趣？」

小瑜垂下眸子，看不清他在想什麼。

半晌，他咬牙說：「本來，我也只想當個普通的道士，一心研究殭屍，天下關我什麼事？不過……要多謝淳安王！是他讓我明白，如果沒有權力的幫助，再想得到的東西，也休想到手。即便得到了，也會被更有權勢的人搶走！」

寧子薰糊塗了，迷惑的看著他，問：「淳安王搶你什麼了？」

小瑜瞇了瞇眼睛，咬牙道：「妳！」

寧子薰驚了，忙解釋道：「他沒有搶，是我要跟著他的。」

小瑜似乎十分憤怒，眼中彷彿燃著烈焰，從袖中掏出一疊紙，說：「就是他搶的！他處心積慮要妳喜歡上他，如果沒有他……」他頓了頓，咬牙說：「妳喜歡的人只能是我！」

寧子薰看去，這些……分明就是她胡亂寫的《學習日誌》。

其實過了許久，就算是以殭屍緩慢的思想也能想明白，淳安王當時的確是在誘惑她喜歡上自己。可是她卻沒後悔過，因為喜歡一個人不需要理由。因為他，她懂得了何為真愛；因為他，她明白了世間有比生命更重要的東西。

不過這些都不是重點……重點是……小瑜說他喜歡她？！

寧子薰呆呆的看著他，尋思良久，想當然的說：「我明白你的意思，你喜歡我，是因為我是個會說話的殭屍，你想讓我一輩子都當你的屍奴，對吧？」

小瑜恨得直咬牙，覺得也許是自己教育失敗。為何淳安王輕描淡寫的，卻得到了她的真心，而自己拚命努力卻還是沒有進展？

他沒有說話，只是狠狠吻上她的脣。柔軟、甜美，與他記憶中的一般，他忍不住想要得到更多，可手指輕觸之際卻被她躲開。

他用手扳過她的臉，認真的說：「我喜歡妳，因為妳就是妳，天下獨一無二的寧子薰！」

寧子薰呆呆的看著他，許久才道：「小瑜……我喜歡你，可這不是愛，我不能欺騙你，更不能欺騙自己。」

小瑜聽到她的話，眼中閃過一絲痛苦，隨即咬牙說道：「他能給妳的，我也一樣可以，甚至比他給的更多！妳對他不過是一時迷戀……妳留在我身邊，我相信我們的感情一定會超過他的！」

寧子薰咬唇……她不想傷害小瑜，可現在的他近乎痴狂，似乎根本不願聽她的話。

「你現在沒有人偶，困不住我的。」她說。

小瑜挑了挑眉，微笑的面孔妖嬈且帶著點瘋狂：「妳還是跟以前一樣笨！既然我能找到妳並且把妳帶回京城，就有本事讓妳留在身邊！元皓現在還在太后手中，如果我不保著他，他早就死了！」

寧子薰啞然，以她殭屍的智慧怎麼能理解一個被情敵踩到泥裡的男人，會迸發怎樣恐怖的爆發力，從一個醉心殭屍研究的小道士默默成長為一個腹黑男子！

看著她呆呆的眼中竟然升起恐懼和不安的神色，小瑜的心在滴血……

他拋出誘餌：「如果妳肯留在我身邊，我會保住元皓的性命。」

「我……」寧子薰想說什麼，可終究沒說出口，許多人的性命都懸在她身上，讓她不得不謹慎對待。

小瑜靜靜看著她。只要把她留在身邊，時間一久自然就會淡忘淳安王，不管他到底是不是真死了，而且他也會好好愛惜她，畢竟他才是最了解她的人！

為了讓她心甘情願的留下，小瑜更是提出更誘人條件：「如果妳答應，我還可以帶妳去見元皓和馬公公。」

寧子薰看著他，重重的點了點頭，「好，我保證絕不逃走。」

小瑜心中大石這才落地，鬆了口氣。隨即他又擰緊眉頭：明明手裡有牌威脅人的那個是他啊，他居然還鬆了口氣！真是……太沒出息了！

寧子薰看著他怒意重現，不由得緊張的問：「你……你不會反悔了吧？」

「沒有！」小瑜翻了個白眼。

他只不過是不甘心！原本是屬於自己的寶貝卻被搶走了，好不容易找回來，居然還得靠威脅！

小瑜對她說：「妳先沐浴更衣，一會兒我再來。」

他拍了兩下手，從外面進來四個侍女，看著眼生得很，都不是原來淳安王府的侍女。

泡在熱水裡，感覺疲乏一掃而光。看來小瑜還是很了解她的，知道她每次洗澡都賴皮，他會調製特殊的香料，灑在水中，她喜歡聞香味，就乖乖洗澡了。

一時間沐浴已畢，有人捧來衣物，是純棉布的素色衣衫，樣式簡潔易穿。寧子薰點點頭，看來小瑜還記得她最討厭穿那些繁複的衣裙。

換上衣服，小瑜就進來了。他趕走了侍女，親自拿起桃木梳子為她梳頭。

修長的手指穿過漆黑的長髮，帶起他心中層層漣漪……如果時間能倒流該有多好，他一定會珍惜眼前人，帶著她逃到別人找不到的深山，過著平凡的日子。

可惜……世間沒有後悔藥，當他發現自己的心意時，她卻已經愛上了別人。

在地牢陰冷的牆壁上，他刻下一條條痕跡，代表離開她的每一天。那些回憶成了支撐他活下去的動力，他知道只要他不死，就一定有機會再見到她。

而在那些日子裡，他也終於看清了自己的心。為何他會總是生她的氣？為何看到她和其他男人親密就會心中不舒服……原來，在不知不覺中，他早就愛上了她，雖然她是個殭屍！

當她用呆呆的眼神看著他時，他會很安心；當她像隻小狗一樣只依賴他一個人時，他會很開心。點點滴滴的一切組成了一個讓他心動的女子，即使她不是人類又怎樣？有他一個人喜歡就足夠了！

可是……他終究還是錯了一步！如果他再早一點，不貪圖淳安王的兵符，直接帶著她遠走高飛就好了。他的一念之差讓他們再也沒能見面。

竺太后把他從淳安王府帶進宮，還說他是她的兒子……他只能報以冷笑！作為一個兄妹亂倫生下的私生子，他活著本身就是天罰了！以前在師父那裡與竺太后擦肩而過無數次，他都沒有那種至親骨肉之間的感覺，只覺得這個女人很陰險，如果不是她，寧子薰就不會陷入那麼多次的危險中。

但可笑的是，他們居然是母子……不管怎樣，他都開不了口叫她一聲「娘」。

他得知寧子薰的死訊，心中只有復仇的怒火。於是他答應竺太后的提議，趁淳安王北上之機奪了兵權，軟禁了小皇帝元皓，他要讓整個齊國都給寧子薰陪葬！

後來他決定要把寧子薰的骸骨遷葬，因為他不想看到寧子薰頂著淳安王王妃的身分而死。

在秘密遷墳時，他才發現棺槨是空的！只有一些黏稠的液體，墓室裡還像有人居住過，零亂的散著一些吃過的東西，她的喪衣也被丟在暗處……一切跡象表明，她沒有死！

那一刻，他欣喜若狂，原來上天還沒有拋棄他！

他派人暗中四處尋找，終於在與北狄人那場戰爭中得到了寧子薰的消息，於是他晝夜不眠趕到北方，至於齊國與其他國家的戰爭存亡他根本不放心上，任竺太后折騰去吧。

還好……皇天不負有心人，他終於找回了寧子薰。

這次，他發誓，再也不會放開手！要緊緊的牽著她的手，一生一世！

「好疼，你在想什麼？」寧子薰皺眉。

小瑜這才回過神來，笑了笑，說：「好久不為妳梳頭，手生了。以後再多練習練習就好了。」

他只是替她梳了個簡單的髮髻，沒有讓她遭太多罪。然後他從袖中拿出一個錦盒，打開看時，裡面放著一支流光溢彩的簪子。簪子成鳳尾型，靈動的鳳羽中鑲嵌著三枚寶石，顏色是由淺極深漸變的，在陽光下閃著神秘的光芒。

小瑜輕聲道：「這個叫『鳳凰膽』，據說是鳳凰失了伴侶悲鳴而死，其身化為灰燼，而腸寸斷成劇毒鳳腸草，膽化為石、光華滿天，就叫鳳凰膽。此石十分珍貴，整個大齊也只有這三枚，被我全嵌在這鳳尾簪上了！」

寧子薰迷茫的看了他一眼，道：「鳳凰膽？應該是鳳凰的膽結石吧？要不怎麼會這麼堅硬？而且我一向丟三落四，這麼珍貴的東西還是別幫我戴了。」

小瑜眼中含笑，堅持把鳳尾簪插在她頭上，說：「戴著！這是提醒妳，不要讓我成為失了伴侶的鳳凰！」

寧子薰翻了個白眼，「你跟我不是同類，我丟了你也不會得膽結石。」

小瑜笑語晏晏，從身後抱住她，說：「沒有妳的日子，我連微笑都丟了，活著就像行屍走肉！妳現在知道妳責任重大吧？把一個有為青年變成了這副樣子……以後都不要離開我，知道嗎？」

寧子薰有些不自在了，垂下眼簾道：「淳安王府的人都好眼生，馬公公到哪去了？」

小瑜拉她的手起身，說：「現在這裡不是淳安王府，而是禹侯府。來，我帶妳去咱們住的地方。」

寧子薰點點頭。畢竟剛見小瑜，她也不好一個勁的提要見元皓和馬公公，只能找機會再說，於是跟著他一直向斑淚館而去。

修竹繁茂，翠綠盈目，風過龍吟，蒼苔如碧，一切彷彿都未改變，只不過心境卻已不是當初……那些歡樂的、痛苦的回憶烙印在記憶深處永遠不能被磨滅。有什麼東西堵在心間，窒得她無法呼吸。

無情亦無傷，她大概再也回不到那個無欲無求、沒心沒肺的時候了。可是她卻從未後悔過，懂得了人類的感情，彷彿是向她敞開的另一扇大門。

她珍視與蒼舒的感情，也珍視與小瑜的緣分，回首過去，她活著的目標只是生存下去、消滅敵人，是小瑜教會她如何做一個人類，是蒼舒教會她懂得人類的感情……現在，她再也不是一個殭屍戰士，而是一個有著殭屍外形的人類！

一隻壯大的灰色野豬衝出竹林，威脅的刨蹄。可牠看到寧子薰的一剎那，突然歡叫一聲，邁開步子撒歡跑到跟前，高興的哼哼直叫。熱氣呀、鼻涕呀噴了他們倆一身。

寧子薰瞄了一眼小瑜那身昂貴的衣服，不禁搖頭。她用力拍拍大野豬的後背，「獼猴桃竟然還記得我！」

「第一個相遇的人，不都是最難忘懷的嗎？」小瑜一語雙關。

她假裝沒聽懂，說：「咱們進去吧。」

小瑜點了點頭，兩人來到小院，這裡與她離去時，幾乎一點變化都沒有。院中沒有雜草，乾淨整潔，看來經常有人打掃。只是院裡當中多了兩個竹榻，小瑜說：「這是我親手做的，以後咱們可以並肩躺在院裡看星星。」

寧子薰點點頭，坐在竹榻上，覺得這竹榻又軟又結實，看著此時一身華服的小瑜，心中卻十分懷念當初那個淳樸而愛生氣的少年。

◎※※※◎※※※◎※※※◎

第二天一早，寧子薰就迫不及待的跑到小瑜的寢處，想再提一提見元皓的事。

小瑜剛換過衣服，一身朱紅色羅衣，長長的衣襬處繡著五彩麒麟，比陽光更光彩耀眼，奪人心魄。

他側首相問：「『已故』淳安王有大齊第一美男之稱，不知我可能與之一比？」

小瑜的美和蒼舒不同，他沒有蒼舒那份傲視天下的冷酷決然，但卻依然能讓人移不開視線。「嫵媚」這個詞彷彿天生為他所造，豔入骨髓，天生媚態。不過他的媚中又帶著幾許飄逸，這飄逸之感可能緣於他修道之故，那份淡然便把他的媚化去了不少，讓人有種高高在上，可望卻不可及之感。

寧子薰呆呆的看著他說：「你們不是同一個類型，沒法比較，就像阿喵和大黃。」

小瑜再也繃不住玉樹臨風的形象，翻了個白眼……這哪裡是誇他，分明是罵他！

蒼舒像阿喵，傲嬌，跩得很；小瑜像後院看門的大黃，有點小心眼，愛生氣，但很忠誠。在她心中，兩個人就是如此。

「我今日要入宮，等我回來帶妳出去玩。」小瑜整了整衣袖說。

「我……我要跟你一起入宮！」寧子薰聽說他要去皇宮，當然著急。

小瑜明白她一定要看到元皓平安無事才肯甘休，皺了眉頭，板著臉道：「妳若想進宮也行，只能裝成侍衛，跟在我身後，適當的時機我會讓妳見到他們。」

寧子薰狠狠點頭，「我一定不讓人發現。」

還好雲包子沒把那張假面毀掉，小瑜接收她時順便把假面具也帶了回來，此時正堪用。

今天入宮是為了商議攻打南虞皇都的事宜，因為虞都三面環水，地處險要，易守難攻，更兼南虞水軍比陸軍更加善戰，雖然已打下了南虞半壁江山，可這虞都卻是塊硬骨頭，要好好「啃」上一「啃」。所以竺太后和雲相調了北方二十萬軍隊南渡，欲以人數優勢壓倒南虞的地利。

而且他們還從小皇帝那裡得到了一張南虞皇都的防衛圖，是秦猛和雲相的二公子從南虞弄來的，因此勝算頗大。

洛菲穿了男裝隱在一大群侍衛中倒也不顯眼，跟著車隊入了皇宮。小瑜被太監引著進入寧泰殿，而寧子薰就乖乖的在外面侍立等他出來。

小瑜進入金碧輝煌的殿宇，只見幾位手握兵權的將領還有雲相都已到場。目光掃去，除了竺太后，個個都衝他施禮：「見過禹侯！」

這幾個都是竺太后政權的核心人物，自然都明裡暗裡曉得小瑜與太后的關係，更知道讖語所言三國歸一就是指他。

如果禹侯是未來的天下之主，那他們就是開國功臣！而且南虞只剩虞都一個最難攻打的地方，如果拿下虞都，整個天下就都盡在掌中了，所以此次商議，眾人都不免喜形於色。

竺太后也心情大好，微笑著對小瑜說：「總攻之期定在三天後，我大軍兵分三路攻打虞都，按著雲相的計算，虞都挺不過十天必然能攻破！」

「太后聖明！」拍馬屁的隨聲附和。

至於商量攻打的細節，小瑜自然懶得參與，便對太后說要去探望皇上，太后點頭恩准。

走向元皓的寢宮斐宸宮，寧子薰緊張的握緊拳頭！

來到斐宸宮門前，小瑜說：「你們都候在這裡，妳……跟我進去。」

寧子薰捧著事前準備好的禮盒跟在小瑜身後，走進寢宮。

這裡不再是一股龍涎香的味道，而是很濃烈的藥香。宮人見到恭敬的尊稱「禹侯」，沒有人敢阻攔……寧子薰發現斐宸宮也沒有一個是曾經服侍過元皓的舊人了！

挑起黃色綾帳，只見元皓面色蒼白，直挺挺的躺在龍床之上。見到小瑜，狼眸如血，他冷嗤道：「怎麼？南虞攻下來了？你是來送朕最後一程的？」

小瑜淡淡的說：「微臣見過皇上，皇上只不過是下身沒有知覺罷了，腦子還是能活動的，又何必說胡話？」

此言實際上是對著寧子薰說的，她一聽元皓居然癱瘓了，震驚得差點把禮盒摔到地上。

小瑜穩穩接住，打開給元皓看，說道：「這裡面是百年老參和一對靈芝，敬奉皇上。」

寧子薰一步步向前，走到床邊，直直的看著元皓。此時元皓卻不認得戴了假面具的寧子薰，而且她的目光太過執著，讓元皓更加憤怒。

一個卑微的小卒居然也敢嘲笑他嗎？看他癱在床上很好笑？

他猛地坐起來一把打掉禮盒，吼道：「誰要你惺惺作態？滾！快點滾出去！」

這時，帳幕後面走出一個宦官，推開寧子薰走到床前，冷冷的說：「禹侯好意皇上領了，不過此時到了按摩時間，如果不行疏導之術，只怕皇上以後行走不便，還請禹侯見諒。」

馬公公……寧子薰激動得抑制不住自己，一把扯下假面具。

「寧……寧子薰，妳還活著？」元皓吃驚的叫道。

馬公公看到寧子薰也萬分激動，不過他知道這宮中的險惡。謹慎的問道：「妳……真的是寧王妃？」

她從袖中掏出一個新做的魔術方塊丟給馬公公，「當然，假王妃會做魔術方塊嗎？」

馬公公接過魔術方塊，眼中若有所思。

小瑜卻對這個東西十分忌憚，一把搶過來反覆檢查，問道：「這東西什麼時候做的？我怎麼不知道？」

「昨晚沒事做的……這叫魔術方塊，是由許多小木塊組成的，可以拆開……」說著她從魔術方塊上拔出一小塊彩色的小木方，遞給他看。

本來小瑜還懷疑這魔術方塊中裝著什麼密信，可寧子薰大方的當場拆開倒讓他有幾分愧意，他不應該懷疑她的！

那魔術方塊裡是空的，由一塊塊木頭拼接，外面塗著各種顏色，裡面露著木頭本色，上面有些零亂的劃痕……

寧子薰見小瑜無話，把魔術方塊丟給馬公公，問道：「皇上怎麼突然癱瘓了？」

小瑜低下頭，說：「他沒病，是用針封住了穴脈。」

「治好他！」寧子薰認真的看著他。

那清澈的目光讓他無地自容，他覺得自己很骯髒……他強留住她的行為與太后有何區別？都一樣是強占，是掠奪！

元皓卻突然開口道：「寧子薰，妳不要管朕！離開這裡，逃得遠遠的，為自己活著！沒有人能要脅妳，妳是自由的……」

寧子薰搖了搖頭，堅定的說：「我答應過王爺，如果他不在了，要好好保護你和馬公公，我不可以失言！沒有人控制我，是我自願留在這的。」

元皓看著她又看了看小瑜，突然轉過頭冷冷的說：「妳走吧，不要再來了！」

寧子薰看了一眼馬公公，輕輕說：「好好照顧皇上。」

直到寧子薰和小瑜走出門外，元皓都沒有回頭。他狠狠捶了一下沒有知覺的雙腿，像隻囚獸發出一聲嘶吼。

馬公公卻很冷靜，他關好門窗，走到床前低聲說：「從前王妃在淳安王府時，曾與老奴玩過一個遊戲，如果可以把魔術方塊解開，就會有意外的發現。」

元皓抬起頭吃驚的看著他，「難道……這魔術方塊？」

馬公公點點頭，他的手不停的擺弄、扭來扭去，元皓的目光也緊張的盯著魔術方塊。不知過了多久，魔術方塊終於解開了，六種顏色都回歸到本位。

元皓失望的說：「這什麼都沒有嘛！」

馬公公把手指放在嘴中間做了個「噓」的手示，然後上了龍床，把黃綾帳放下，拔下底部中心的木塊，把蠟燭油一點點滴入魔術方塊中……

當蠟燭冷卻凝固後，再把魔術方塊拆掉，幾個字跡出現：蒼舒未死，須連提山。

原來寧子薰在每塊木頭上都刻了字，當魔術方塊的順序被打亂時就變成了凌亂的劃痕，只有把魔術方塊的顏色都恢復原位才能組成字跡。

這幾個字，卻讓元皓和馬公公激動的抱頭痛哭……淳安王還活著，還活著！

就像黑暗中期盼黎明的一縷曙光，所有人都必須忍耐。寧子薰堅信，蒼舒一定會回來，救她和整個齊國。

◎※※※◎※※※◎※※※◎

幾天後，西北傳來消息，驃族與須連提山馬賊發生大規模戰爭，北方硝煙四起，雖然未危及齊國，但有數萬難民從北方蜂擁到內陸避亂。

雖然各州府出兵維持秩序，也阻止不住流民四散。不久，京郊也多了許多流民。

竺太后心中有些戒備，可比起南虞，北方驃族和須連提山馬賊都是小事，畢竟他們人數有限，翻不起什麼浪花，而且齊國所有兵力已集結於南虞江畔，不可能再調回。於是，她叫北方守軍將領密切注意須連提山的動靜，如果有異變，就馬上集中兵力將之消滅！

剿滅淳安王的大帥王朗再次被雲丞相脅迫渡江南下，拉開了大戰的最終一幕。南虞在幾十萬齊軍腳下顫慄著，竺太后和雲相信心十足，只等最後勝利的到來。

這天，城外突然傳來震耳欲聾的炮聲，寧子薰靜靜坐在窗前，脣邊凝起一縷笑意。

——淳安王，終於回來了！

砰的一聲門被打開，小瑜面色嚴肅的拉起她，說：「外面危險，馬賊在攻城，我帶妳去皇宮！」

他抄起床上的蓮青色披風，裹住寧子薰，只露出一張蒼白的臉，頭上那隻鳳尾簪閃爍著迷離的光線。

小瑜叫馭手趕著馬車到皇宮去，而此時的城中卻是一片混亂，百姓們驚慌失措的四處逃竄。隔著轎簾，寧子薰聽到有人在喊，西北流民造反了……

流民是不可能擁有火炮的！寧子薰知道，一定是須連提山的馬賊，是他們假裝和驃族大戰，然後掀起流民狂潮，混在流民中來到京城，一路上沒有遭到戍衛北方的軍隊阻攔，也沒有損失一兵一卒就來到了京城。

他……現在應該就在城外！寧子薰心中一陣刺疼。可是她不能離開，她要保護元皓和馬公公！

馬車狂奔，很快來到皇宮。此時守衛禁宮的兵士也緊張萬分，直到小瑜拿出令牌亮明身分，才打開宮門放馬車進入。

宮門落閘，發出巨響，震得人心裡惶惶不安。

竺太后一身紅裝，在黑暗中散發著妖異的光芒。站在樓閣之上眺望遠處，炮火在夜空中綻放著光亮。她的眼中只剩一種冷森森的狠意，不知不覺朱脣已被咬破，血在口中，淡淡的腥味蔓延開來。

「朱璃蒼舒……真是陰魂不散！竟然能一次次絕處逢生！不過，就算你有流民相助又怎樣？再次修固的城牆和堅如磐石的防禦工事，憑你那幾萬人馬，怎麼可能在短時間攻破？」

手中的信鴿載著密信從手中飛出，她看著鴿子消失在夜空中，心裡也安穩了不少。

正當她舒展眉頭欲下樓閣之時，卻見小瑜拉著一個女子在空曠的天街奔跑。

寧子薰？！怎麼可能是她？

竺太后失聲，叫道：「綺煙！快去看看，禹侯身邊的那個女子是何人！」

綺煙轉身跑下樓去。

寧子薰猛地一頓止住步伐，對小瑜說：「我要去見皇上和馬公公。」不待小瑜說話她轉身就跑。

她速度如飛，小瑜拚命的追趕。

元皓和馬公公也聽到了城外的炮火聲，不過聽到門響他們還是心中一驚，以為是太后派人來殺人滅口。

等見到門外人是寧子薰後，他們才鬆了口氣。

馬公公一把拉住她，急切的說：「京城城池堅固，一朝一夕根本攻不下來！若拖延時間久了，援兵一到，王爺必然腹背受敵，憑著幾萬馬賊根本攻不下京城的！」

「那……那怎麼辦？」寧子薰傻了。

元皓低聲道：「皇宮供奉先帝的殿內有一條秘道通往外面，只有歷代帝王才能知曉。那是朱璃氏先祖為防逼宮留下的最後一招，那扇石門加了符咒，只有朱璃氏子孫的血和玉璽才能開啟！」

寧子薰咬牙道：「還等什麼！我揹著皇上，咱們去開門！」

馬公公點頭，三人朝祭祖殿深處跑去。

在祭祖殿的供奉臺下地道中，找到了那扇石門，這石門足有千斤厚，從外面根本打不開。元皓用小刀劃破手指，把血滴在玉璽上，然後由馬公公拿到門前的銅獸前，玉璽正好契合在銅獸的口中。

只聽到轟轟巨響，石門緩緩朝上升起……

光線一點點透進黑暗的地道，馬公公如釋重負的鬆了口氣。

這時，突然一支暗器射了過來，馬公公下意識的掩護小皇帝。

接著又聽啪的一聲，一個人影衝進來砍斷了石門巨大的精鋼絞索。

巨石向下關閉，寧子薰一見，想都不想便衝了過去，用肩膀頂住石門。

「馬公公，快……快帶皇上逃出去！」此時，寧子薰唯有一個願望，就是讓他們活下去！

竺太后怒氣沖沖的看著寧子薰，眼中噴薄而出的怒意像是要再次燒死她。

「沒想到妳還活著，果然妖物就是妖物！」她冷冷的對綺煙說：「殺了她。」

綺煙舉劍衝過去狠狠刺中寧子薰的身體，一劍又劍，紫黑色的血順著寧子薰的身體流淌下來……

「不……不要殺她！」元皓發瘋了似的爬向竺太后。

馬公公也衝上去抓綺煙的手腕。綺煙一推，馬公公的頭隨即撞在石壁上，血流如注。

元皓爬到竺太后腳下，抓著她的腿，「不要殺她，要殺就殺我！」

竺太后的鳳鞋踩在他的手上，狠狠碾著，「你和你父皇一樣，都是無情無義的白眼狼！無論哀家費了多少心血，都焐不熱你們的心！」

綺煙刺了數劍，可寧子薰依然扛著石門屹立不倒，眼看著地面血流成河，竺太后突然從袖中掏出一把精緻的西洋火槍。

她舉起火槍，說：「哀家聽雲隱子說過，屍妖無論如何傷害，身體都死不了。唯有把頭打爛才能真正的死亡！今天，就讓哀家親自結束妳的性命吧！」

「砰——」

一聲刺耳的響聲伴著濃烈的硫磺味道的煙霧散去。

竺太后手一抖，西洋火槍掉在地上。她撕心裂肺的慘叫聲迴盪在地道中：「小瑜！」

小瑜的後背早已被鮮血浸透，他護在寧子薰面前擋了這一槍。

竺太后發瘋般的撲到小瑜身上，眼中流露出傷心不解和極度的悲憤。她嘶啞的吼著：「為什麼要救這個妖物？你是天下之主啊！為什麼這麼傻！」

小瑜咳出一口血，「得到天下……從來都不是我所願，那只是妳的私願罷了！」

「你是哀家的親生兒子，怎麼可以如此對哀家？」竺太后氣極，捂住胸口，面色呈死灰之色。

小瑜眼中似悲似喜，那濃烈的愛恨交織在一處轉了無數轉，最終匯成冷漠，他說：「妳又……又何曾在意過我這個親生兒子的……生死，何曾問過我……到底想要什麼？」

竺太后身子一軟，坐在地上，她終於明白，就算把天下都送給他，他也不會稀罕，因為……他從未把自己當成過他的母親！

地湧金魚，三國歸一。

命中注定帝王之尊，卻為一個異類放棄，值得嗎？

小瑜眼睛死死的望著寧子薰，手指顫抖著伸向她，艱難的說：「對……不起，我知道妳從來不曾愛我……可我，還是想念……瘋狂的想念與妳在一起的日子……對不起……原諒我的自私……」

——天下於我，不過一花一葉，命中有或無，又何以撼動我？

——在我心中，唯一珍貴的，便是那個人……與她天荒地老，唯此願而已！

那抬起的手，驀的落了下去……

「小瑜！」寧子薰覺得眼淚模糊了視線，眼前除了一片血紅，再沒有其他顏色。

馬公公艱難的起身，扶著元皓朝石門外爬去，他知道他的使命還未完成。

竺太后卻像殭屍一般木然的站起身，搖搖晃晃的朝祭祖殿外面走去……

不知道過了多久，寧子薰聽到石門外面有腳步聲簌簌而來，她早就像與巨石合為一體般死死的扛著。

人潮從石門外衝進來，朝著華麗宏偉的宮中而去……昔日君王莊嚴的宮殿滿地凌亂。馬賊們打開了宮門，已逃至地道外的元皓和馬公公在淳安王安排的馬賊保護下，又重新進了皇宮大門。

夜風中，可以聞到硝磺的刺鼻氣味和濃濃的血腥味。最後的時刻，終於來臨了！

「寧子薰，給我挺住！不准死，妳答應過我要活著的！」

耳邊傳來熟悉的聲音，寧子薰身子一軟，倒了下去。

淳安王一身馬賊的軟皮甲冑衝了進來，一把抱住寧子薰滾了進來，巨石重重落下，揚起層層塵灰。他感覺到懷中的人身體像冰塊一樣，所摸之處滿手濕滑的血……

而此時，突然見寧泰殿方向火光沖天。再一看，已不見了竺太后身影……

元皓心中了然，開口道：「此時戰亂，無暇救火，運沙土圍了寧泰殿，只防火勢不蔓延便可。」

那樣驕傲的人，是不屑於向敵人低頭的。以太后之尊，的確應用一宮之珍寶陪葬才是！

火光滔天映紅了夜空，有一道絕豔的身影款款走到宮闕最高層……

曾記當年登后位，母儀天下，她就是在這寧泰殿接受眾人朝拜，金印金冊，手掌鳳權。

此時，她手中依然抱著鳳璽，只不過上樓時因為顫抖，突然失手，印盒落地。藉著火光，她發現碎裂的印盒中居然有一封書信！

手抖得太厲害，好不容易拆開，她才發現這封信居然是先帝朱璃臨瓊親筆所書。

她飛快閱讀著……原來她毒殺後宮妃嬪子嗣之事他都知道，他說，她是一個至情至性的人，愛得熱烈，也愛得狠絕。患難與共，就算她做出任何事，他都可以原諒。因為在他心中，她也是他唯一的妻子，沒有人可以替代。

不過，之所以未將權力交與她，而是給了蒼舒，卻是因為她個性孤注一擲，容易極端，他最後留給她一封保命的詔書。

第二頁就是先帝遺詔：無論竺氏犯下何罪，見詔之日，便可免除一死。

她大笑，笑著笑著，早已淚流滿面……

為什麼她沒有早點發現？她一直都在追尋著權力，卻從沒珍惜過身邊的人……因為與兄長的孽情，她愧對親生兒子小瑜；因為自私和害怕地位不保，她殺害了無數懷孕的妃嬪，而先帝卻一直隱忍著、寬容著她……

縱觀此時，她唯一對得起的人，只有自己……不，她連自己都沒對得起！只顧追逐著權力而不能停下腳步，錯過了那些愛過她、珍惜過她的人……她，終究再沒後路可退了！

火的灼熱已然到了身後，她望著那變幻莫測的火焰，把先帝的親筆信珍重放在懷中。然後，她展開雙手，撲向火中……瀲灩紅衣瞬間與火焰融為一體。

如果有來生……她只想做個平凡的人，不要再虧欠任何人。

淳安王一身血跡，抱著寧子薰靜靜走到殿宇的角落，輕撫著她的面孔，溫柔的呼喚著她的名字：「子薰，醒醒。我來接妳了……我答應妳的許多事情還沒做。還沒帶妳去秀玉山看日出，還沒帶妳去遊碧蘿江，還沒跟妳一起做風箏……醒醒……不要睡！我答應妳，以後都不再凶妳，不再欺負妳……不要離開我……」

說著說著，他早已泣不成聲，他在顫抖，他在害怕……害怕永遠失去她！

「你……咳咳……說話要算話……不許凶我，欺負我……還帶我去玩……」寧子薰吃力的抬起手，伸出小指來。

他驚喜的望著那雙夜色中熒綠的眸子。

「打勾勾……王爺不能賴皮！」她虛弱的說。

「好！打勾勾！」他伸出手指。

「感謝上蒼，我沒失去妳！」淳安王緊緊的抱住她，就像失而復得的珍寶。

寧子薰在他懷中，只能看到金色琉璃瓦簷角露出的半個月亮……

——不是因為這個世界美好而不能捨棄，而是因為有你，這個世界才值得我眷戀……

——無論時間的齒輪如何轉動，牽著你的那隻手，永遠都不會放開！

——天涯海角，只願與君同行。

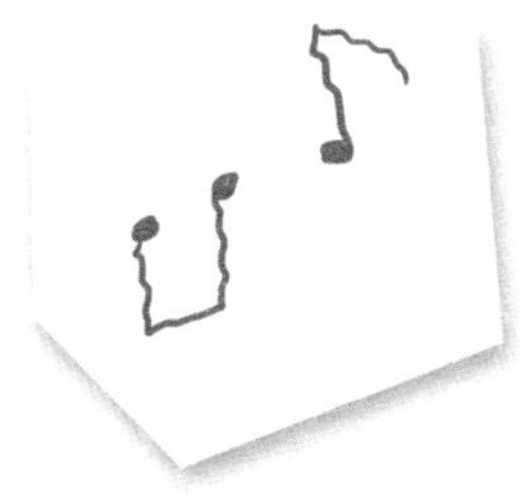

My Zombie Princess

番♥外

朱璃蒼舒之庶民日常

江南八月，細雨如絲，山水樓閣都籠罩在一片煙雨中，如淡淡的潑墨山水畫，幽靜而雅致。遠處，一隻小舟緩緩搖來，船頭一把梧桐紙傘撐開在雨中，雨水如珠簾般垂落，滴在黛青色的衣襬上。

自從三國歸一，江南很快就恢復了以往的富庶繁華，其中吳郡更是匯集了天下之富的人間天堂。

此時雖然細雨微茫，可也阻擋不住熱鬧的街市人流如織。那小舟緩緩靠岸，在一片綠柳林下泊住。

船頭的人收了雨傘躍上岸來，只見那男子生得韶顏雅容，似謫仙一般的人物，只是眉峰掛著冰霜，星目蓄著寒潭，卻讓人輕易接近不得。

江南鍾靈毓秀盡出風流人物，是以百姓們也都看得審美疲勞。但如此謫仙男子卻也是數十年不遇的，所以許多閨秀都忍不住暗暗回首，美目流盼間期待與那美男目光相遇，邂逅一段雨中姻緣。

更有那些採蓮的船娘膽大，齊聲唱起《竹枝曲》來：「楊柳青青江水平，聞郎江上唱歌聲。東邊日出西邊雨，道是無晴卻有晴……」

歌猶未盡，船上簾子卻突然一掀，從船艙中衝出一個女子，扶著船頭吐了起來。

美男皺眉，急忙跳上船去蹲在女子身邊輕輕撫著她的後背，那一臉寒冰早已化作一池春水，溫暖得要融化人心了。

眾人一見美男早就名草有主，況且他如此緊張妻子定是不會移情他處，於是都灰心散去。只有那採蓮船的姑娘樸實善良，把船靠上前去，送上荷葉包著的鮮蓮子，說：「這位公子，夫人可是脾胃不和？用蓮子熬粥最是滋陰潤燥、清心安神的。」

那美男面色漸緩，接過荷葉，向她道謝。

姑娘微微一笑，划著小船悠悠蕩向湖中而去……

淳安王……不，朱璃蒼舒此時嘆了口氣，看著臉色鐵灰的妻子，狼眸微凝不滿的說：「不能吃人類的食物就別逞強，看到妳這麼遭罪我都受不了……這都怪玄隱子和七弟！」

自從卸了攝政王的頭銜下野而去，他便與寧子薰暢遊山水。今月在塞北冷月下沙漠篝火，明朝又在南海狂濤中垂釣豪飲。

寧子薰問他，齊國初安，百廢待興，可會擔心元皓一人照顧不來？

朱璃蒼舒勾了勾嘴角，說：「人生在世不過三萬多天，我為何要替那小子扛著天下？他若不成，拱手送人便是！我只負責與妳這一世不離不棄！」

是啊，人類的生命太短暫了……韶華易老，流年如水，短短百年不過白駒過隙。她不願意在經歷了這麼多曲折後與他分離，哪怕只要想到他們會因為生死而分開，她都會受不了！

元皓親政的第四年，國家安定，朝政清明，他也終於選定了一個出身平民的醫女為皇后。

寧子薰和蒼舒得到消息趕回來，七王爺和玄隱子也正好在京城。

當元皓把未來皇后紫婉姑娘介紹給他們時，朱璃蒼舒臉都青了，原因是：這姑娘太像一個人了……簡直就是文靜版的寧子薰啊！

他差點再暴打已經成年的皇帝一頓——還嫌皇家醜聞不夠多嗎！

好在紫婉姑娘落落大方，跪下說道：「皇叔息怒，皇上選擇臣妾一介醫女自是有原因的。皇上當年被封穴道，乃是七王爺所解，臣妾被派到皇上身邊伺候，日夜精心，天長日久才得皇上聖心垂愛。皇上已承諾臣妾，此生只立一后，後宮永遠不再進一人！君心如此，便可證明皇上是臣妾願得一人心、白首不相離的那個人。」

朱璃蒼舒瞇著眼看元皓，元皓拉起紫婉揉著鼻子小聲道：「只不過湊巧相像而已，朕是真心喜歡紫婉的……朕已經擬了詔書在大婚當日宣布，此生只立一后的事！」

眾人直抽冷氣……還沒哪個皇上敢改祖制。

朱璃蒼舒挑眉問道：「若那些朝臣阻止怎麼辦？」

元皓壞笑道：「誰敢阻止，朕就賜他美人一百，紅丸一壺，著御醫日日監督服用，看他受不受得了！」

呃……話說沒有攝政王監督，小皇帝果然自己就長歪了！

朱璃蒼舒很是放心，看來元皓已經是一匹驍勇的頭狼了，有足夠的力量保護自己所愛的人不受傷害。

所以當夜與七弟喝酒，他喝得大醉，不知道寧子薰與七弟說了什麼悄悄話。

之後，七弟就整日和猥瑣的玄隱子在一起密謀，而寧子薰也經常跑到七弟專業的藥圃去──還不帶他！

他有幾次前去卻被七弟的守衛攔住了，問他是何人？

何人……朱璃蒼舒這張臉不就是名片嗎？

結果這守衛說什麼都不放他入內，還說：「前攝政王，就算皇上親臨，小人也不能放！」

──別以為你這麼說，老子就當真！

只剩虛銜的朱璃蒼舒臉色十分不睦。

最後七弟終於還是敵不過他威脅利誘說出真相：原來寧子薰求他和玄隱子，想辦法讓她恢復成人類！

可是，他們要經過許多次試驗，寧子薰不停的吃藥扎針受各種折磨，那種疼痛是常人不能忍受的。

朱璃蒼舒看著身上插滿針被抽出渾身血液幾乎暈厥的寧子薰，心都快碎了，他上前去拔針，吼道：「不要再糟蹋自己了，我從來不在意妳是不是人類！」

寧子薰握住他的手，虛弱的說：「蒼舒，求你不要阻止我……我想變成人類。我想……和你一起經歷生老病死……我不要一個人孤單的留在這個世界上，我要和你在一起……」

「傻瓜！」蒼舒緊緊抱著她。

寧子薰只感覺有一滴涼涼的液體落在背上……無論付出什麼樣的代價，她都不會放棄！

這種治療持續了三年，寧子薰已經可以吃人類的食物了，只是偶爾還會不舒服。

朱璃蒼舒到底還是責怪七弟和玄隱子，讓寧子薰遭了這些罪。

◎※※※◎※※※◎※※※◎

找了一家乾淨的客棧住下來，朱璃蒼舒去買她喜歡吃的桂花糕。和著熱熱的銀耳蓮子粥吃下去，寧子薰似乎好多了。

第二天，天氣放晴。朱璃蒼舒牽著寧子薰的手上街，買了一大堆土特產給她，看著自己的女人露出微笑是他最高興的事。

抱著一大堆東西走到一家包子鋪門前，一股濃郁的味道傳來，寧子薰一聞之下又狂吐了起來。朱璃蒼舒又是拍背又是送上清水，擔心得不得了。

旁邊賣玉蘭花的老媽媽抿嘴笑了半天，才上前道：「這位公子，想必夫人是懷了身孕吧？看你們是外鄉人，可要小心，別勞累著！」

「懷孕？」朱璃蒼舒愣住了。

「怎麼可能！我不可能生人類……」還沒等寧子薰說完就被朱璃蒼舒捂住了嘴。

他心中狂跳……也許……也許是真的……

朱璃蒼舒不顧鬧市，馬上放出「暗衛令」，在暗處保護他們的暗衛從四處匯集而來，驚得周圍人都呆住了。

「馬上傳信，把七王爺帶到吳郡來！」他命令道。

大概還沒有三天工夫，七王爺就衣冠不整的被「擄」了來。

「六哥，我還以為你又中了什麼奇毒呢！」七王爺受不了原因只是「你六嫂又吐了」這種理由！於是他氣憤的吐槽。

「有沒有可能是她……懷了？」朱璃蒼舒小心翼翼的問。

唉~以前那個冷面王哪去了？這完全是個妻奴啊！七王爺把手搭在寧子薰脈搏上。

「這……可能大概也許……還真是喜脈啊啊啊~~~」七王爺也瘋了！

看著兩個大男人抓狂的樣子，寧子薰撓頭：懷孕是不是表示她轉換人類成功了？

可是寧子薰不知道，朱璃蒼舒開啟了孕夫功能是多麼可怕……

「寧子薰，不許喝冷水！」

「寧子薰，不能吃魚子，生出的小孩子會鬥雞眼！」

「寧子薰，不能走路，來，為夫抱著妳……」

「你夠了啊！」寧子薰怒道：「身為人類連走路的權利都沒有，我還活個什麼勁？」

原來懷孕是這種感覺啊……當一個小生命在身體裡活動，這種感覺真是太美妙了！

不過，拖著個球一樣的肚子行動很不便，而且蒼舒還化身神經兮兮的孕夫成天嘮叨。她恨不得馬上就把這顆球卸載下來，結果……

終於有一天，她要生了！

——啊啊啊～原來生孩子這麼疼！早知道還是當殭屍的好，起碼不知道疼啊！

一個天生就有紅寶石眸子的男孩出生了，朱璃蒼舒升級為爹爹。他抱著這個小嬰兒，覺得此生完美，再也無憾了……於是，他為這孩子取名朱璃無憾。

小無憾注定是大齊的另一個神話——二十年後被人譽為大齊戰神。

據史書寫：無憾將軍天生神力，孩提之時便力可舉鼎，還殺死欲行刺於他的敵人……

某天，小孫子——朱璃無憾的兒子，問：「祖母，這些事是真的嗎？」

寧子薰戴著西洋老花鏡看完表示：完全是「瞎掰」！

「你爹小時候沒舉過鼎，倒舉過貓（阿喵）。沒殺死過人，倒因為偷吃羊奶被放羊的帶走。他那麼小，誰知道他是未來戰神，還殺他啊？那放羊的抱他，他還把放羊的手指掰斷了……所以說啊，史書完全都是瞎編的。還有人說你奶奶我是屍妖呢，你信嗎？」

小孫子天然萌的含著手指搖搖頭。

《番外　朱璃蒼舒之庶民日常》完

《殭屍王妃04王妃的打工人生》完

《殭屍王妃》全套四集：

《殭屍王妃01這個殭屍有點萌》

《殭屍王妃02接吻是個技術活》

《殭屍王妃03向情敵宣示所有權》

《殭屍王妃04王妃的打工人生》

全國各大書店、租書店、網路書店，強力熱賣中！

番外
小媽之第八號兒子
夢空——著
IKU——繪
啥時小媽收了第八個兒子？
還跟兒子一起離家出走？！
《小媽系列》番外特輯！！
收錄百季與上官傲之情史、
楚瑜的告白、蒼狼的溺愛，
以及小媽惡搞篇！
篇篇精采逗趣，絕對不要錯過囉！
正傳5集，全國各大書店、租書店、網路書店熱賣中！
小媽之冠蓋滿京華
典藏閣
華文聯合出版平台
www.book4u.com.tw
采舍國際
www.silkbook.com
不思議工作室_
立即搜尋
版權所有© Copyright 2015

飛小說系列139

殭屍王妃04（完）

王妃的打工人生

出版者■典藏閣
作　者■偽裝的魚　　繪　者■水々
總編輯■歐綾纖　　企劃主編■PanPan
製作團隊■不思議工作室　　代理出版社■廣東夢之星文化
郵撥帳號■50017206 采舍國際有限公司（郵撥購買，請另付一成郵資）
台灣出版中心■新北市中和區中山路2段366巷10號10樓
電　話■(02) 2248-7896　　傳　真■(02) 2248-7758
物流中心■新北市中和區中山路2段366巷10號3樓
電　話■(02) 8245-8786　　傳　真■(02) 8245-8718
ISBN■978-986-271-627-4
出版日期■2015年9月

全球華文國際市場總代理／采舍國際
地　址■新北市中和區中山路2段366巷10號3樓
電　話■(02) 8245-8786　　傳　真■(02) 8245-8718

新絲路網路書店
地　址■新北市中和區中山路2段366巷10號10樓
網　址■www.silkbook.com
電　話■(02) 8245-9896
傳　真■(02) 8245-8819

線上總代理：全球華文聯合出版平台
主題討論區：http://www.silkbook.com/bookclub　◎新絲路讀書會
紙本書平台：http://www.silkbook.com　◎新絲路網路書店
瀏覽電子書：http://www.book4u.com.tw　◎華文電子書中心
電子書下載：http://www.book4u.com.tw　◎電子書中心（Acrobat Reader）

☞您在什麼地方購買本書？☜

1. 便利商店（______市／縣）：□7-11　□全家　□萊爾富　□其他______

2. 網路書店：□新絲路　□博客來　□金石堂　□其他______

3. 書店（______市／縣）：□金石堂　□蛙蛙書店　□安利美特animate　□其他______

姓名：______地址：______

聯絡電話：______電子郵箱：______

您的性別：□男　□女　　　您的生日：______年______月______日

（請務必填妥基本資料，以利贈品寄送）

您的職業：□上班族　□學生　□服務業　□軍警公教　□資訊業　□娛樂相關產業

□自由業　□其他______

您的學歷：□高中（含高中以下）　□專科、大學　□研究所以上

☞購買前☜

您從何處得知本書：□逛書店　□網路廣告（網站：______）　□親友介紹

（可複選）　□出版書訊　□銷售人員推薦　□其他______

本書吸引您的原因：□書名很好　□封面精美　□書腰文字　□封底文字　□欣賞作家

（可複選）　□喜歡畫家　□價格合理　□題材有趣　□廣告印象深刻

□其他______

☞購買後☜

您滿意的部份：□書名　□封面　□故事內容　□版面編排　□價格　□贈品

（可複選）　□其他

不滿意的部份：□書名　□封面　□故事內容　□版面編排　□價格　□贈品

（可複選）　□其他

您對本書以及典藏閣的建議______

______

______

✌未來您是否願意收到相關書訊？□是　□否

✎感謝您寶貴的意見✎

印刷品

$3.5

請貼
3.5元
郵票

不思議信箱
FUSIGI POST

235 新北市中和區中山路二段366巷10號10樓

華文網出版集團 收

（典藏閣－不思議工作室）